官能時代小説

晏邨(あんそん)と玉羽(たまは)

～謎の虚無僧と「気」が紡いだ艶句の世界～

長辻篤郎
Nagatsuji Atsuro

風詠社

はじめに

艶句の世界は、まさしく性愛・エロチシズムの珠玉である。

折りにふれ、目にしてきた江戸期を中心にした破礼句（ばれく）と呼ばれる官能的な古川柳のあれこれだ。庶民風俗、性愛模様を粋にユーモラスに謳って、笑いを誘い、好色心をくすぐる。「これぞ艶句（えんく）の世界か」——と、性愛文化の魅力を見直した。

「白魚の力帆柱引き起こし」とか「顔が火で娘とばした事が知れ」といった、エロスの綾、美感さえ漂わせる句作の幾つか、その洒脱な表現のハーモニーが絶えず心の片隅に。古書店めぐりで、関連の古書を目にする機会も増えて、江戸期の秘事の多彩さ、奥の深さに改めて魅了され、味わうほどに、その響きから「男と女の物語」が、あれこれ浮かび上がってきた。

一時期、気功をかじって「気の世界」を覗いた体験も味付けに。性文化の花が咲き溢れた江戸の昔に想いを馳せて、奇想な小編に描いてみた。艶句の魅力・表現を延長させた「句的な小説」とでも呼びたい、独りよがりの試みで、遊び心に駆り立てられながら…。

◎目次

官能時代小説

晏邨（あんそん）と玉羽（たまは）

～謎の虚無僧と「気」が紡いだ艶句の世界～

挿絵：柳たかを（漫画家）

装幀：2DAY

第1話

命なり死ぬる死ぬるとかすかなり

——男と女がいる限り、性の秘め事は時代を超えて不変。女の叫春「死ぬ〜」は、今も昔も共通のよう

はっきりしない空模様だ。江戸は両国。水無月（みなづき）も半ばを過ぎ、少し蒸す暮れの六ツ半。「フォー、ロ、ロ、ロ…」——どこからともなく静かに流れてくる尺八の音。珍しいことではないが、囁きかけるような特有の調べ、哀愁を含んだ音色に、敏感に反応した一人の女。侘び住まいの女心に沁み入った。

表通りを少し入った細い裏路地。大きな構えの屋敷だが、ここは妾宅。普段は女の一人暮らし。名はお菊。粋な身拵え、器量よし、姿よし。色香の漂ういい女。よほどの大尽の愛妾なのだろう。

尺の音に誘われて表へ顔を出したお菊。外は小雨に煙っていた。門口に濡れてたたずむ虚無僧の姿…。長身。天蓋で貌は見えない。なのに、なぜか身が騒いだ。男に漂う気品、凛々（りり）しさが甚（いた）く伝ってくる…。

喜捨（きしゃ）を手に歩み寄った時、小雨は大粒の雨に…。とっさに、口をついて出た言葉は「しばし中で、雨宿りしていかれませ」。

僧は、無言で頭を下げた。背を返して屋敷へ入るお菊。後に従いながら戸口で、一瞬足を止

める。「そこでは、濡れましょう。内で粗茶でも…」。

僧は遠慮がちに鴨居を跨ぎ、編笠を取った。「あッ…」と胸の内で声を上げたお菊。（なんとお美しい！　この世の人とも想えない…）。かつて知らない無上の美形。やや野性味を湛え、凛々しく逞しい。

とりわけ、譬えようも無い魅惑的な双眸に酔った。睫は密で長く、瞳が澄んだ灰色。思わず惹き込まれ、見詰めてしまうお菊。途端、謎めく瞳の光に射竦められた。と（あれッ、どうしたのかしら…）。突如、沸き起った劣情。

座敷口で――。お互い貌を見詰め直す男と女。言葉に窮して、モジモジ落ち着かないお菊。ただただ躰の痺れに慄き、滾る欲情が儘ならない。以心伝心、若い男と女の世界。求めるものは一つ…。

一刻余りも経ったのか、外の雨は小止みに。代わって、なにやら淫びな響きに混じって、嗚咽にも似た喘ぎが漏れ響いていた。官能の異世界に慄くお菊。（…こんな事、初めて。狂いそう…）。熱い〝猛り〟が追い撃つ。断末魔の悦叫が迸った。

「し、し…、死にまする」

この若者、掟書を携えた正真の虚無僧だが、全てが謎に覆われていた。異形の容貌、秘めた妖力。いまは修行僧の身ながら、後々は、異色の高僧として世に知られる存在に。容貌が忍ばせる数奇な生誕。それ自体、天運だったに違いない。

第１話

第2話 はずかしき帯といてから打ちわすれ

——生娘の恥じらい。だが、脱いで貫かれてしまった後は、あの恥じらいも何処へやら…

陽が山蔭に沈みかけた酉（とり）の刻。駿河の国の村はずれ、凛とした虚無僧姿が林道を足早に行く。あの謎の僧だ。

世間の好奇を引くのか、漏れ伝わる風評は雑多。近しい修行僧の間での噂が、より具体的。

「母御は公家の出だそうな」「父親は大名家の家老だと…」「いや、本当の父親は異人のよう。貿易商で、将軍家にさえ出入りが許されているとか…」

噂は、ほぼ真実を伝えていた。灰色の瞳が物語る出自の秘密。そこには複雑な事情が隠されていることは確か。

故に、異形とはいえ世にも稀なる美貌、強靭な身体に恵まれながら、時代が、世間が疎（うと）んだある意味、悲運の若者だった。

武術に長け、時には現身（うつしみ）の者とも思えぬ陰陽師如きの幻術も…。それに、なによりも二十代とみえる若さに似ず、房事の秘技が並外れていたこと。巷の噂は噂を呼んで「交わった女は悉く喜悦狂乱、喪神した」——と。

これほどの男にして、世を避けた風情の理（ことわり）は、すべて「出自の秘密」に起因する。

件の男が街道へ差し掛かる。その時、遠くで、なにやら悲鳴の声が…。間を置かず、再び

第２話

「ヒーッ、助けてぇ……」。明らかに、か細い女の声。

駆けつけた速さは人業を超えた。目にしたのは、風体の卑しい荒くれ男が四、五人。寄って集って若い娘を押さえ込み、まさに陵辱に及ぼうと……。

娘の着物の衿を掻き開き、裾を大きく捲っていた。たわわな乳房、ふくよかな下肢まで露わ。真っ白な肌に、儚(はかな)げな春草が無情にそよぐ。

と、その時。何が起きたのか。瞬間（凄まじい熱風に襲われた）と感じただけの荒くれ共。いかにも屈強に見えた大の男が、悉(ことごと)く吹っ飛ばされ、地べたに叩きつけられて伸びていた。

突然の恐怖で震えが止まらぬ娘。慌てよろめきながら起き上がり、乱れた裾をかき合わせる。歳のころは十六、七か。隣村への使い帰りを襲われたようだ。

「…お、お助けいただいて…」。礼の言葉も消え入りそう。手を差し伸べる若者にヒシと縋(すが)る。起ち上がり際、まともに男の貌を見た。

この娘もまた「あッ！」。その美貌、灰色の瞳に魅入られて陶然、我を失う。極度の恐怖と裸身を晒した恥じらい、初めて出逢った〝強い男〟への思慕…。入り乱れ揺れる想いが、切ない女心に…。

静かに忍び寄る夕闇。募る妖しい欲情。乱れに乱れた感情に駆られた娘、挙句は道を外れた繁みの翳(かげ)で帯を解いていた。

第3話 行末は誰が肌ふれん紅の花

――紅の花を想わせる可憐な娘でも、いつか人知れず、どんな男にか肌を許してしまうはず…

繁華な町沿いの街道筋。旅人に、土地の人たちに、広く馴染まれた小奇麗な茶屋が、今日も賑わいをみせていた。老夫婦の営む店だ。

謹製の茶菓子が女子衆（おなご）の評判になっていた。この春、十六になったばかりのお絹も、ちょくちょく顔を見せる。呉服問屋の一人娘、紅の花のような愛くるしい顔つき。ぷっくりした唇も魅惑的。いつものように、女中を伴ってやってきた。

あたりが、ぱっと華やかに…。白磁の肌、長い襟足に、そこはかとない色香が匂う。さすが大店（おおだな）のお嬢さま。言葉にも科（しな）にも奥ゆかしさが滲む。

娘の評判、噂は広く町から町へ。あわよくば…と、下心から茶屋へ通って来る男衆も数知れず。だが、いまのお絹、関心は「美味しいもの」「拵（こしらえ）、装い」のことばかり。年頃だというのに、男には全く興味を示さない。（ひょっとして…）と親御には、あらぬ妄想が心痛のタネになっていた。

お絹と連れが腰を下した向こうの片隅に、人目を避けるように茶を啜る虚無僧…。脱いだ被りを横に、終始、伏し目がち。なかなか顔を上げない。

漂わせる不思議な瑞気、あの旅の僧だ。なぜか、お絹の女心が騒ぐ。気になって仕方がない。かつて知らない体験だ。世間の男には無関心のお絹だったが、いまはただ（お貌が見たい！）と心底、希った。

念が通じたのか、男はふと顔を上げて、こちらを見る。お絹が乙女心に夢想していた〝美形〟。いや、それ遥かにを超えていた。この謎の男に出会った女の例に洩れず、お絹もまた（あっ、なんと美しいお貌…）と、息を呑む。

初めて目にした灰色の瞳、素敵な目鼻立ち。普段なら、慌てて逸らすはずの目が儘ならず、惹き付けられ凍て付いた。（………）――お絹はただ茫然自失。

相手は初対面の若者。乙女の恥じらいは隠せない。目元、耳のあたりまで白い肌を紅に染めた可憐な花の風情。ついつい見詰め、見詰められて時空が消えた。

幼気ない〝紅花〟は、すっかり〝春爛漫〟…。女の情火が炎上して、火照る躰。未知の色欲が沸々と…。

深編笠を手繰り、無造作に被って席を立つ僧。お絹の脇の狭い空き間道を無言で足早に…。

ふと座り直すお絹。咄嗟に曲げた膝に、偶々なのか、僧の手が触れる。娘には、その感触が多弁な口説きにも増して、躰に、心に、深く忍び入った。

（お待ち下さい）――口には叶わず、心で縋るお絹。暫し間を置いて、供の女中が文を結わえたお絹の簪を手に、僧を捜して跡を追う。希いは叶ったのか。

後日、いつものように供と一緒に茶屋に顔を見せたお絹。早速、客がヒソヒソ。

「あれっ、あの娘。急に色香が増したみたい…」。男衆は恨めし気…。

「…とうとう誰かに新鉢(あらばち)を割られてしまったか〜」——。

第4話　牝獣となりて女史哭く牡丹の夜

――知性をたたえた慎ましい美女でも、好いた男と交われば、燃えて獣の如く咆哮。咲き乱れる牡丹のように…

人影も途絶えた、と或る浪速の町角。暮れ四ツ、辺りは密やか。家々の灯りも疎ら。つい先刻まで物寂しく響いていた三味の音が消えた。調べの流れは、小径を折れた一角、板塀が囲う古びた一軒家から。漏れる灯りが寥げ。

三味の音が止むのを待っていたかのように、背丈のある男の影が門をくぐる。あの虚無僧だ。国境を越え摂津国入りして、幾時も経ってはいない。不思議な驚異の駿足。「まあ…、ソンさん！」――悦びにうわずった声。いそいそと駆け寄り、座布団を差し出す女。この家の女主だ。名を玉羽といった。

町一番の評判の美女だが、土地の生まれでは無い。いつのころからか、この町へ。身に付けていた三味線や唄、踊りなどの芸事を活かして、手習い所を開く。評判を呼んで久しいが、素性・生い立ちは誰も知らない。世間が知るのは「美人のお師匠さん」としての顔だけ。慎ましやかだが、物腰には婀娜っぽさも仄かに。

一見、齢の頃は二十代半ばか。圧し隠した色香が男心をそそる。言い寄る男は数知れないが、柳に風。流れた風評が「男嫌い」。秘密は、この若者にあった。世間に秘した唯一人の愛しい

〝命の男〟。呼びかける「ソンさん！」の響きに、想いの全てが滲んでいた。

若者にとっても玉羽は〝命の女〟。宿命的な出会で契った男と女だった。修行僧の身の若者。心ならずも「一夜の逢瀬」が常だが、胸の裡は「永遠の契り」。今宵も、玉羽には「待ちに待った」ひと時。いきなりの訪れに、嬉しさは一入。潤む瞳、無言は能弁…。

座布団の上で、そのまま絡み合う二人。なお明かりを羞じらう玉羽。片手で乱れた裾、曝けた内腿あたりを隠そうと、一方の手で燭台を手繰って「フッ！」と吹き消す。併せて慎ましさも暗闇に消えた。漏れ始めた激しい息遣い、幻に浮んだ白い影が揺れ動く。「あれッ、どうしようソンさん。あッ、あッ…」。脱ぎ捨てられた単衣を口に、曇った刹那の訴えが細く長く…。

玉羽だけが知る「ソンさん」。正真の名は「最禅寺晏郁」。幼少時、異人の実父に「アンソニー」と呼ばれた時期も。秘めていた己の出自を明かしたのは玉羽が初めて。遠い記憶に「テテ（父）無し子！」「悪魔の目！」…等々、心を傷つけられた悪ガキどもの悪態が、なお尾を引く。

逆境を生きた過去は、玉羽も同じ。父親の非業の自刃、強いられた波乱の人生…。口にしたのは晏郁が初めてで最後。晏郁の顔をみた途端、日頃の憂さは吹き飛んで、忽ち生気が甦る。

（生きていて、ほんとによかった！）。

共寝の静寂を裂いて、突風が雨戸を叩く。起き出て灯りを点す玉羽。雨戸を開ければ庭の緋牡丹が、熱く燃えた余焔を映して乱れ咲いていた。

第５話　朝ぐもり女の羞恥掌に残る

――靄が煙る朝、起き出た男は掌に目をやりながら、女との夕べの交わりに想いを馳せる。あの恥じらい、あの悶え…

隣り近所が集まれば決まって話題の主人公、玉羽。「美しいお師匠さん」の顔しか見えないが、これまで歩んだ道は〝茨の道〟。暗い憶いを拭い去り、女独り（生まれ変わって生きて行こう）と新たな道を探って、あえて知らないこの町へ。

生まれは美濃国。父が付けた名は美鶴。名門武家の嫡男、奉行職にあった父。だが愚直な人柄を巧みに利され、逆臣の陰謀に嵌って、不実の罪で無念の切腹。お家は断絶。残された家族の暮らしは一転、奈落へ。

だが、美鶴は父が願いを込めた名そのままに健気に美しく育った。女が一番華やぐ年頃に、重ねて悲運が追い撃ち。まだ十七にも手が届かなかったというのに、欲にかられた遠戚夫婦に押し付けられた縁談。いまは苦しい暮らし向き、逆らい難い弱い立場の母娘。成す術を知らず、心ならずも受け入れる。美鶴は運命と諦め、心は捨てた。

嫁ぎ先は豪商ではあったが、新郎は名うての放蕩息子。この男、三十路も遠に超えたというのに、商いに身は入らず。なお女、酒、博打の明け暮れ。いつ、何処で美鶴を見初めたのか。密かに渡りをつけていたようだ。

「あの娘をぜひ嫁に…」——息子の執拗さに親も根負け。(あれほど惚れた女、武家の娘のことだ。嫁にすれば素行が治まるやも…)と、カネにものをいわせた。

だが、嫁に夢中だったのは、ほんの一時期。房事は粗暴、稚拙で身勝手。放蕩三昧の男とも

思えず、女の心、扱いを知らない。

もともと心を閉ざしていた美鶴。求めには苦痛を忍んで耐えてはいたが、夜が恐怖に。幸か不幸か、この亭主、放蕩が祟って胸を病み、若くして他界する。

親も親だ。この死を嫁の所為に…。真に受けた口さがない世間の〝野次馬〟。美女への僻み、やっかみ半分に、野卑な憶説を囃し立てた。

「嫁が淫蕩で、毎夜、激しく亭主を攻め立てたそうな」「武家の娘という家柄、あの器量にだまされたのか…」――美鶴は、追い出されるように家を出る。

時が流れ、世間に改めて顔を見せたのは、芸者「玉羽」として。すっかり生まれ変わって別人に。命懸けで磨いた芸事を活かして、すぐに独り立ち。

この町で「お師匠さん」暮らしに馴れ初めた頃。天の配剤か。奇縁で晏邨と結ばれる。（こんな想いも縁らない、夢のような幸せが待っていようとは…）。

かつて知らない〝別世界の男〟。純な優しさ、温かさ。凍てついていた女の心が熔かされ、生来の優しい娘に立返るのは早かった。加えて、晏邨の玄妙な房事の秘技は官能を目覚めさせ、艶麗さに磨きをかける。

今宵再び、玉羽は未知の性戯に宙を舞った。晏邨の手が女陰に触れ、そっと唇を寄せる仕草に動転、羞恥が走る。期せずして淫情沸騰…。思わず顔を覆う玉羽。

「あれッ〜、いけませぬ、なりませぬッ…」

第6話 いま出ますいま行きますと渡し船

――女は終焉に近づいた。何やら呟きながら切れ切れ喘ぐ。男の頭によぎったのは、渡し場の船頭の触れ声…

晏郁と玉羽。運命に翻弄されてきた者同士。互い強く惹かれ合うのも前世の定めか。初めての出会いで、忽ち謎めく〝赤い糸〟に導かれ、きつく結ばれた二人。だが、身は遠く離れ離れ。玉羽が秘めた胸の裡は（…ずっと一緒に居てほしい）。この齢になって初めて知った恋、女の悦び。逢いたくても会いに行けないのは辛い。が（儘ならないのは世の習い）――またの会える日を、千秋の想いで耐えて待つ。

偶（たま）の逢瀬も、世間が寝静まった夜半のひと時。（男の出入りが世間に知れては、玉羽の為にならない…）。晏郁なりの気遣いだ。歳月は巡り、人恋しい季節に…。

一日が終わった玉羽。雨戸を閉めながら、庭の隅の睡（ねむ）たげな寒椿を相手に（お休みなさい…）。と、其処へ何と晏郁が不意に顔を。（まさか夢では…）一瞬、驚きながらも「うッ…、うれしいッ…」。

世間の知る「淑やかなお師匠さん」の面影はすっかり何処かへ。晏郁だけが知る〝艶も華もあるいい女〟に…。こぼれるばかりの妖しい色香。燃え上がる情火。雌雄の本能が堰を切る。甘美な愛撫に、熱く昂まり乱れる玉羽。揺れて拗（くね）る肢躰。快感を掴んで、晏郁の背に爪を立てる。喜悦のうねりに意識は遠く翳(かす)み、囈擬(ねごともどき)の〝断末魔〟が糸を引く。

「放さないで！　いまイキます〜」

情交を重ねる毎、玉羽の官能は、より敏に。深く交わる最中、女芯に霊妙な（何かが、染み挿って来る）感触に気付いて以来…。否、何よりも確かな真実は、限りなく強靱さを増してゆく〝情の絆〞のなせるワザ。

想い返すまでも無く、男といえば「疑心」「嫌悪」が先立っていたあの時期、晏邨とのあの出逢い。初めて接した〝異世界の男〞。直に伝って来た男らしく純で温かい心情。一気に強力な〝磁気〞に惹き寄せられたのが端緒。

晏邨しかり。（一目逢ったあの時）〝真の玉羽〞の全てを感知。強く惹き付けられた。ふと憶い浮かんだ阿燕との出逢い。やはり意識の底で（いつも温かく優しくて、この上なく美しい母）の面影と重ね合わせていた。

流浪の身の晏邨。一夜の逢瀬といえど、玉羽の許こそ唯一（心休まる〝我が家〞）。母がそうだったように、玉羽もまた、詮索がましいことは一切差し挟むことがない。それでいて晏邨の心の裡は手に取るように解していた。

程なく「母」を語り始める晏邨。己の生い立ちも途切れ途切れに。謎めく驚異の武術、霊力、房事の秘技…知られざる晏邨の隠れた実相が、玉羽の前に明かされて行く。

第7話 たっぷりと子は呑む親は喰らう乳

――男にとって女の乳房は性愛の象徴。触ったり、口に含んで軽く歯を立てたり…

世間には、一人の虚無僧としての顔しか知られていない謎の男、晏邨。その「真の顔」が、玉羽との契りを通して、ようやく見えてきた。有為転変の実像、人知れず歩んで来た人生の道をここに辿る――。

秘められた実の父親は、世間が噂したように異国の南蛮人。長身で整った顔のポルトガル人だった。面立ちは晏邨に遺す。世界をまたにかけた貿易商にして探検家。

母親も噂のとおり、公家の出。名は瓊子といった。まさに名は体を表して珠玉のように気高く美しい女性。異国の男と、どんな接点があったのか。いかにして愛が生まれたのか、何かの機縁で情交を強いられることにでもなったのか…。身篭ってしまったことだけは確か。

生まれたのは〝玉のような〟男の子。だが未婚の母にして混血という日陰の出生…。母子はいきなり悲運を背負った。世間の心無い好奇の目…。それを聞知、不憫で居た堪れない実父。商用を終えての帰国を機に、陰の力を働かせ母子を母国南蛮へ伴う。が、瓊子は激変した異国の暮らしに耐えられなかったか、心身を病んで痩せ細る。心悼めた夫は忌む無く、密かに策って母子共に、倭国の親御の許へと送り届けた。

両親は、戻ってきた不憫な娘と孫の身を案じながらも、世間体に悩む。挙句、不本意ながら家格、権力にモノをいわせ地方の雄藩・薩摩の最禅寺家に子連れで嫁がせた。だが表向きはともかく、この母子に真の居場所は無かった。

煩多な内情を察知した実父。息子の将来を憂い、瓊子を説得。裏から力を働かせ、なんとか息子を再び引き取った。だが、日々、多事多忙の身。父子らしく触れ合ったのは、ほんの一時期。代わって親身に面倒をみたのは、縁戚に当たる紅毛の女史。妖艶な高級娼館の主だった。晏邨を一目見るなり（なんといい顔、素敵な目をした坊だこと…。将来、きっと女を泣かせるわ）。

この娼婦館、客の多くが身分のある貴族、富豪…。お抱えの〝傾国の娼婦〟たちはまた、それなりの学と磨かれた性技を身に付けた美女揃い。

光陰流水——。晏邨が十三歳の誕生日を迎えた年、秋の暮れ。女主の言いつけで、うら若き娼婦が誕生祝いの手伝い、晏邨の世話を兼ねてやって来る。

小柄だが、むっちりした躰に溢れる艶色。宴の後、晏邨の部屋で二人きりに。初めて異性を強烈に意識する晏邨。胸元を大きく開け、肌も露に世話を焼く女。こぼれ出そうな乳房の膨らみが嫌でも目に。晏邨は動顚、眩暈さえ覚えた。

女は、美少年の熱い視線に気付いて嬉しそう。浮かれ心、悪戯心が変じて、怪しい劣情に火が付いた。パッと胸を開いて乳房を曝す。

「触ってもいいのよッ」——晏邨の手を胸に導く。性の指南が始まった。

第7話

第8話　赤貝の真珠をさぐる面白さ

――初めて目にする女性器の表情は衝撃的。ここが陰戸、これは陰核…。聞くほどに、触れるほどに興味・興奮は高まるばかり

晏邨、十三歳にして〝性の元服期〟に。幼さを残す美少年だが、肉体の成長ぶりは並外れ。悶々の夜、夢精の度々。終(つい)ぞ、夢想は現(うつつ)に。あの若い娼婦の導きで感動の〝筆おろし〟を果たす。名はジュリエット。娼館の女主が、多くの娼婦の中からわざわざ選りすぐった名娼だっだ。

成り行きは女主の作意通り。初交は夜を徹して営々と…。指南役と少年の〝性の師弟〟関係は、いつしか逆転したかのよう。「…アン、ウッ、ヒーッ～」。囁くような淫声が、真迫の絶叫に変わっていく。

以来、ジュリエットはすっかり恋人気取り。何かと口実を作っては、やって来て、昼夜を問わず晏邨と媾(まぐあ)う。時に、恥部を開いて見せながら、性器の機能のあれこれを事細かに…。晏邨は息を呑む。面を上気させて凝視した。

さらには、女心の機微、扱い方、体位、絶頂に導く技法…といったことまで。「もっとゆっくり、やさしく」「ここの愛撫も忘れずに…」――微に入り細に入り、躰を張っての手解き。晏邨は貪欲に吸収していく。謎だった晏邨の「若くして驚異の長けた秘技」の原点はここに。

天与の才もあってか、恐るべき練達ぶりには、さすが性技の指南役も（この歳でこんなに捷(はや)

第8話

く、なんと巧みな…。信じられない）と、驚き呆れた。

わが子を持たない娼館の女主は、母親気分で晏邨に心底甘かった。自邸での娼婦との密会、性の饗宴を黙認。「これも立派な教育の一つ」と割り切って…。

（悪いことじゃない。きっと、この子の為になるはずさ…）

初めこそ、情交は二人だけの秘め事。だが、ジュリエットが仲の良い一人の娼婦に漏らした自慢げな体験話が、たちまち娼婦仲間の隅々まで。噂の美少年に興味と好奇、劣情を募らせた娼婦たち。なにかと用を装い、競って女主邸に出入りし始める。

晏邨の貌を垣間見て、一様に目を輝かせる。譬え様のない美貌、魅惑の瞳…。

（なんて素敵！ この少年と、ぜひ一夜を…）――娼婦たちは陶然、身を潤ませる。延いては、次々と情交を果たす流れに…。

娼婦として育成、教育された女達だ。それぞれ磨いた独自の秘技・妙技の限りを尽くす。曝して見せた女陰の表情の違い、機能の神秘…。晏邨にはなにもかにもが新鮮、かつ驚き。自家薬籠中のモノにするのは捷かった。

美少年は、すっかり自信をつけて逞しい男に。だが、まだ受け身の体験に過ぎないことを自覚する。町の通りで好みの美少女に出会えば（いつか、あの娘と…）と、自ら行動しての情交を、あれこれ〝腕試し〟を夢想した。

実のところ気になっていた娘がいた。夢想は型破りの行動で現実に…。

第9話 ふるうのは夜這いと胴を据えた後

——男が一度は夢見る夜這い。いざ、女の元へ忍び込もうという時には、よほど腹を据えてかからねば…

街への道すがら、晏邨は何と無く自分に向けられている視線を感じていた。気になったのは一際豪奢な邸、二階の窓の片端。（誰か、こっちを見ている）——。

帰り道、その二階窓にそっと目を遣る。（あッ、居た。愛らしい娘だ…）——窓際に美少女が顔を半分覗かせていた。歳の頃は自分と同じくらいか。茶目っ気を含んだ笑みも見せた。そんな事が二度、三度…。晏邨は煽られ、妄想が膨らむ。

数日を経た夕刻。いつもの窓を見上げながら、邸前にさしかかる。その時だ。湯上がりなのか、あの娘。全裸のまま一瞬、窓を横切った。色白、ふくよか…。

「おッ！」。動顛する間も無く、再び逆方向に裸身が走る。顔が瞬時、こちらを向いた。晏邨を意識した行動に違いない。

たまらず〝牡〟が猛る。なす術は無し。思わず背を返して駆け出す。部屋に籠ると、あの裸身が生々しく妖しく…。猛りは狂って〝噴火〟した。

あの衝撃は、馴染んだ娼婦たち相手とは違ってた。（触れてみたい、学んだ愛技を試したい）どう挑めばいいのやら…。駆け巡る妄想。夜は更けた。育った環境の中であえて圧し隠していた腕白、冒険心が噴流する。

（よしッ、やってみるぞ！）――思い立ったのが、俗に言う「夜這い」。言葉の意味は知らずとも、行動の絵図は頭の中にしっかり描いていた。

夜遅く、邸に忍び寄る。あの窓にだけ薄明かりが…。建物を覆うように伸びていた老樹を猿のようにスルスルと…。窓に鍵は掛かってはいなかった。

目に飛び込んできたのは、瀟洒なベッドで微かに寝息をたてるあの少女。寝乱れた姿態が晏邨の劣情を掻き立てた。そっと近づく。香りが甘い。

火照った頬、愛くるしい顔立ち、柔らかそうな唇…。震える指先で、かすかに開いた唇をなぞる。一瞬、ピクっと動いた。が、目を覚ました風にはない。行動は徐々に大胆に。夜具をそっと剥がす。「……」なんと裸のままだ。

瑞々しい餅肌がまばゆい。ジュリエットの言葉が蘇る。「あくまでも優しく、急がずに」。乳房から、下肢へと指が這う。娘は意識してか無意識なのか、下肢が少し強張り、白い肌が紅を差す。猛りを露わに、そっと躰を重ねる晏邨…。

「ウッ、ンッ…」。その時、微かに呻きが漏れた。ここぞと、研いた性技に命を注ぐ。呻きは喘ぎに。（うまくやれたぞ…）。初めて自ら挑んだ体験に大満足！

年は移り、二年ほど後。晏邨に一大転機が…。所用で漢土へ渡る父が、ワケ有り気に息子を旅へ連れ発つ。目指す地は「晏邨に学を…」と意図した選地だった。

母親気分だった女主はさすがに傷心を隠せない。餞別のつもりか「これを持ってお行き」と、晏邨に革の小袋をそっと握らせる。高価な宝珠類のようだ。その心情に併せ、小袋が晏邨の掌にずっしりと重かった。

第10話　相撲より多いは恋の手管にて

――恋の手管、そう交合の体位は相撲の四十八手にとどまらない。裏表だけでも九十六手もあるのだから…

もう五日近くも歩き詰めだ。父と共に、傭人連れで足を踏み入れたのは、漢土東部の地、鬱蒼とした山峡。初めての冒険の旅だ。先頭に立つ晏郁は疲れを知らず、好奇で心を弾ませながら薄暗い繁みを奥へ奥へと分け入った。

「なに…、あれはッ」――突如、抜け出た正面向こう、指さす山腹に神秘の気を漂わせた寺院らしき大きな建物が。裾には集落が見え隠れ。人跡未踏と想わせたこの地に、信じ難い光景が展がっていた。父は、ホッと安堵の表情。

だが此処は初めての土地らしい。仕事で親密な豪商で古い友人の尽力で、ようやく叶った念願の旅だった。得難い素材の薬草・秘薬の探査・調達が主目的。親心としては「息子の為、教育の聖地確認」に意図(いと)があった。

鄙(ひな)びた地に見えて集落の隆盛ぶりは瞭然。無垢で敬虔、綽然(しゃくぜん)とした風情の人々、奇しき習俗…。果たせるかな、未知の世界に強く惹かれていく晏郁。父子の世話を焼いたのは豪商と親交深い旧家の村長(おさ)で、教養ある大人(たいじん)。村人の信頼は厚い。父親が持ち掛けた晏郁の教学相談にも熱意を注いでくれた。晏郁がすっかり土地に馴染んだ頃。父が一言…。

「お前は、暫く此処に留まれ…」――傍から村長が口添え。「是非そうなさい。後は、全てお任せを…」。父は深謝。厚意に甘え、息子を託して旅を先へ。

独り身になった晏郁。持ち前の明るさで、土地に溶け込むのは早かった。宿縁か、奇縁か。忽ち不思議な絆で繋がった美女、面妖な古老、古刹の高僧…。その関わりこそ、晏郁の人生を決定づける大きな素因に。

出会いの端緒は不思議な趣を纏った女人。眼が合ったその時、なぜか身中に稲妻が走った。垢抜けた容姿、漂う気品からして、辺境の地になじまない。暖かい眼差しに、母の面影を映し視る。ただ、瞳の奥に母とは違った強い情波が…。漂う仄かな官能美。言葉は無くとも強く惹き合う。名は「阿燕」と。やがて忍び逢う仲へ。

晩秋。山の冷気は厳しい。だが、荒野に潜んだ二人に寒気は無縁。燃えあがる情炎の所為ばかりに非ず、阿燕の躰の奥底から発していた摩訶不思議な熱気…。

性の知識も秘技にも秀でた娼婦仕込み——そんな晏郁の驕(おご)りは、阿燕によって脆(もろ)くも崩れ去る。次元の異なる驚くべき房中術の存在を思い知らされた。

(な、なんと、これは…)

想いも寄らぬ姿態の交わり。が、動きは自然な流れ。じわりじわり熱い肉襞(にくひだ)に圧し包まれ、強く吸引される猛り。奇妙なことに、濃厚な情交に時を忘れ陶酔を重ねたというのに、猛りは衰えを知らず。疲労感がまるで無い。却って身は軽く、欲情は増幅していく。

第11話 赤い月、にんげん白き足そらす

——空には秋の淫らな赤い月。月明かりの下で、女は白い下肢を反らして快感を貪る。大自然での交合、またよろし

何故、こんな奥深い辺境の地に、こうも浮世離れした美しい女人が住んでいるのか——阿燕との出会いの時、晏邨が抱いた心象はまるでお伽噺の世界。

寡黙で謎めいた美女。どうやら独り身らしい、三十路近い趣もあれば、二十歳そこそこにも見え、齢のほどは窺い知れない。いや、齢のことはまるっきり晏邨の意識から外れていた。

深交を重ねる中で、阿燕を覆い隠していた濃霧は晴れて行く。察した通り、凡庸な女性ではなかった。意外や、この村は古くから薬草と秘薬、玉の産出などで大いに栄えていた伝承の地。権勢を誇っていた宗家の名残も。阿燕はまた村有数の旧家の一人娘だった。

そんな良家の子女が何時、如何にして、これほどまでの房事を身につけたのか。風聞では、一度は良縁を得て嫁いだようだが、訳あって、若くして寡婦に。以来「男の影を感じさせたことは全くなかった」——というのに。

謎を解き明かすのは、秘法「仙道」との縁。この地には、遠い昔から代々、人知れず密かに継承されてきた超人的な秘術「仙道」が存在したという。阿燕は何故か、その「仙道」に馴染んでいたフシがある。

伝説にいう「霞を食って生きた仙人」が究めた道、それが仙道。漢土には独自の流派を創始した「七人の仙人が実存した」と。その流れを汲む人物が、この地に縁（ゆかり）があったのか。

阿燕の躰に発していた異様な熱気、それは女陰の奥からも。熱く蠢（うごめ）き、ひくつく吸引力。男の猛りを増幅させ、疲れさせない不可思議な妖力…。阿燕が身につけていた想像を絶する房事の秘力は、仙道と無縁では無かった。

逢瀬は、いつも夜更け。遠くから妙なる胡笳（こか）（笛）の音が聴こえてくる。阿燕からの「会いたい」という呼び掛けだ。今日も、その音を耳にして、即座に秘密の岩屋に急ぐ晏邨。月の光を背に、ひっそり佇む阿燕の影が浮かんでいた。

駆け寄る晏邨。「来てくれたのネ…うれしい！」——喜びを全身に、ひしと縋りつく阿燕。縺れ合う二人。

熱く、悶えて拗（くね）る柔らかな肢体。着衣は捲れて、剥き出しの内腿。なめらかな白い肌が夜目にも艶めかしい。足が、足指が、耐え難い快感を訴え反り返る。姿態を照らす月明かりさえ、淫（みだ）ら…。

陶酔の中で、晏邨はふと、人の視線を感じる。

「誰かに覗かれているのでは…」——だが、辺りは風に揺れる葉音くらいで、いたって静か。人影らしきものは何処にも無い。

だが、慌てたように見繕いする阿燕。何かに気づいていたようだ。

第11話

第12話　あそこでか、此処でかと囁きて

――今宵も野外での密会だ。だが、こうも月が明るくては、抱き合う場所もままならない。何処に潜めばいいのやら…

いつものように、秘密の隠れ家になっている岩屋で、時の経つのも忘れて燃え上がった晏郁と阿燕。だが、どこか阿燕の様子が変。前にも、抱き合う最中、晏郁はふと人の視線を感じたが…、阿燕は、その影の実体に薄々気づいていたようだ。

（きっと、あの人…）――想い浮かべた人物は、阿燕が深く関わってきた白髪、痩躯の老人。里の人々は貌を知らなくても「岳爺」といえば通っていた謎の人物だ。

年齢不詳、集落の長老たちでさえも、その出自は知らない。だが、村人たちは、親代々からの聞き伝えで「仙人説」をまことしやかに噂していた。「あの老人は超能の魔人だって…」「ずいぶん昔から山奥の岩屋に一人で棲んでいる」「なんと齢は二百歳くらいだと…」「いや、三百歳は超えている」

仙人の玄妙な術、仙道――天地自然の「気」の霊力を玄妙に熟し操る世界。医療、武術、不老不死、房事…等々、時空を超えた秘術の道に通じる。ある流派の祖師は「齢六百歳を数えた」という伝説も。岳爺は、独自の秘法を究めて流派を超えた超人だったとみえる。玉羽との馴れ初めは、五～六年ほども前のこと。

名家の令嬢として育った阿燕は、世間も羨む良縁で嫁ぐ。相手は、土地の娘たちが挙げて憧れた村一番の「お大尽の跡取り」。美貌で聞えの高かった阿燕は望まれて輿入れ、幸せの絶頂にあったのだが…。何の因果か、夫は不慮の災難で、あっけなく他界した。

余りにも唐突に。阿燕は悲嘆の底へ…。（何か悪業でも背負って生まれて来たのでは…）。己を責める清純さも却って災い。鬱、自閉が嵩じて痩せ細り、廃人同然に。親は八方手を尽くしたが、治癒の術も、癒える兆しもまるで無し。途方に暮れる父親。突如（そうだッ、あの御仁がいたッ…）。閃いたのが、岳爺の存在だった。

薬草・秘薬で知己を得、密かに心酔していた超人。（最後の拠りどころ…）に、と縋った。けだし、療法は情交を伴う「房中術」。うら若き阿燕に、抵抗があっておかしくはない。

だが、そこは超人たる所以か、阿燕はなんら疑いを抱くことさえ無く、ごく自然に受け入れる。下肢は押し開かれ、信じ難い老人の熱い猛りが奥深く嵌まり込む。阿燕は朦朧とした意識下で「…ン、ン？」――全身を襲う不思議な熱気、湧き出す快感…。

「私、生きてるッ！」――阿燕は屍症状の日々から見事に蘇った。未知の喜悦にも目覚め、精気が充ちた。これぞ仙道の威力。病は完治すれど、なぜか房中術は跡を曳く。岳爺に別の企図があったようだ。阿燕は覚えずして仙道に染まり、眩い性の世界を極めていく。

仙人は枯れない。治療を機縁に〝掌中の至宝〟に磨き上げた愛弟子だ。晏郁との深夜の逢瀬の場、秘事を密かに観察していて不思議はない。だが、岳爺の姿は無い。秘法「幽体分離」とやらの術でも弄していたのか。

初めて真の恋を知った阿燕。もう晏郤しか見えない。情事は二人だけの世界。識り尽くされた師とはいえ、房事を覗かれることは耐え難い。月の明かりさえ恨めしい。

第13話

貴妃にこりアノおなめさす遊ばすか

——玄宗皇帝が楊貴妃に「吸茎してもよいぞ」と言ったとか。楊貴妃はにっこり。「お舐めしてよろしいか…」

春は酣。草木は花をつけ、漂う仄かな香り。小鳥の囀りには華やぎが増し、陽光が荒野を彩る。村里には麗らかな時が流れていた。

晏邨がこの地に住みついて、はや半年近く。阿燕との関わりは時を超えて濃く深く。気持ちでは「ほんの十日ほどでもあり、数年のよう」にも…。片言で始まった言葉は、すっかり練れて、不自由なく通じ合うほどに。

いまなお、逢瀬は夜更けの山中。熱く恋に身を焦がす阿燕、恐怖心は無縁らしい。女の身ながら、秘法の「仙道」に通じていたせいも…。

仙道にいう「房中術」とは——。陰陽の交わりの中で「男女が交互に『気』を摶り合い、練り高めてゆく秘法」。これぞ性の奥義であり、且つ「不老長寿」にも繋がる。「房中術」を介して、秘法・仙道は、阿燕から晏邨へと無意識のうちに浸潤していく。阿燕同様、晏邨の不測の能力も覚えずして増伸していた。

阿燕からの一方的な合図だった「胡笳」の奏術ひとつにしても、忽ち上達した晏邨。お互い胡笳での〝対話〟さえ難なく熟した。

会う度に艶色を増すかにみえる阿燕。それでいて奥ゆかしさ、女の恥じらいを失わない稟性は晏邨が強く惹かれるところ。情交は常に濃密で新鮮。今宵は、気持ちに変化でもあったのか、阿燕は珍しく大胆な行動に。

「こちらへ来て…」と、晏邨の手を取り、大樹を背に立たせる。着衣の前を開いて、陽物をそろり取り出した。さすがに手つきはぎこちなく、恥ずかしげ。行動に稚拙さは隠せなくとも、いつになく大胆。愛おしそうに唇を寄せ、舌を這わせて、口に含む。あのジュリエットが弄した「吸茎」だ。

「おおッ、これはまたなんと…」。仕草は同じでも感覚では遥かに勝る。気持ちの籠った舌使い、呑吐の妙…。晏邨は驚き、かつ異質な感動に酔った。

阿燕にとっては、愛おしさが嵩じて思わず取った行動には違いない。が、性の技法として、全く知らなかったわけではない。図らずも、それと解った行為を目撃した体験が…。

老師と房中術で密な関わりを持った頃。偶然だったが、師が着衣の前をはだけ、何者なのか蹲った若い女が、そこへ両手と顔を寄せて律動する光景を目の当たりに…。最初は、何やら解せない行為に映ったが、女は嬉々として、表情が妙に艶めかしい。呆然と立ち尽くした阿燕。

「あッ！」——瞬時にそれと悟った。ただただ「……」。見てはならないものを見た背徳の意識と、好奇と、言い知れぬ感動。それに波打つ淫情も重なって躰は硬直。足が震えて動けない。と、その時…阿燕の視線を意識していたらしく、ワケありげにチラリ振り向いた師。つい眼と眼が合ってしまった。

第14話 山伏の独鈷（とっこ）くわえる無言の場

――修験場で、山伏が無言の行に励んでいる…のではない。女陰が仏具の独鈷に似た男根をほおばり、無言で情事に没頭中

いつものように、深夜の山中に潜んで情を交わす阿燕と晏邨。いくら歓喜の嬌声を迸ばらせようと、人に気づかれる虞（おそれ）はまず無い。ただ、あの老師だけは別。「超能」故に、すべてが白日に曝されていたに違いない。

師と見知らぬ若い女との性の行為を端無くも目撃した、あの時。唖然と立ちすくむ阿燕に、振り返った師の眼は明らかに何かを語りかけていた。

目撃は、阿燕にとってあくまでも「偶然」。ところが、師からすれば、あらかじめ巡らせていた「深謀（しんぼう）」であったようだ。（男女の交合の観察も、得難い房中術修行の一つ）――そんな師の意図が伝って来た。以来、仕組まれたらしき「偶然」が、二度、三度…。

老師は、地域の住人には無縁の存在ながら、わけも無く惶（おそ）れられていた。実の名は「民岳」と。周知の俗称が「岳爺」だ。村人たちが、よく「岳爺が来るぞッ」と、泣く子を黙らせる脅し文句に慣用していたほど。が、広く知られた名の割には、実の顔を知る者は殆どいない。

阿燕の父親だけは違った。薬草・秘薬を介して岳爺と浅からぬ繋がりがあったようだ。薬草の知識に限らず学識・見識豊かで、土地の人々に敬われていたこの父親。人を近づけようとし

ない岳爺が、珍しく気を許していた人物だった。

阿燕も子供の頃、岳爺に出会った記憶が…。怜悧闊達な少女時代、秘薬・薬草の受け届けをする使用人について行き、背陰から岳爺の貌をそっと覗き見た。

父親が、生死の境を彷徨っていた阿燕の治療を岳爺に頼ったのは、まさしく慧眼。阿燕には奇しき縁、すっかり忘れかけていた「怖い岳爺」と、想いも寄らない形での再会だった。

秘術「仙道」で見事に蘇生した阿燕。後々も、しばらく続いた岳爺との「房中術」の絆。いつしか阿燕は仙道の精髄らしきものを身につけていた。

師の房事を目撃してから数日を経た白昼。またまた、意図された師と女の交接の現場を目にする。言い付けで岳爺の山家を訪れた折りのこと。片隅の物陰から、明らかにそれと解かる女の淫声が漏れてきた。そっと近づく。

大きく淫らに開かれた白い女の下肢。正視に気後れして、阿燕の心の臓が騒ぐ。そこには、逞しい〝独鈷〟を半ば咥え込んだ〝秘貝〟が蠢いていた。

岳爺は無言。動きは、時に強く鋭いが、あくまでも緩やか。目の前に展開する鮮やかな〝交合の図〟…。待っていたかのように師の眼が、こちらを向いた。

やがて、女の喘ぎが激しさを増す。官能を焙られ、凝視する阿燕。（これも修行のうち…）――。立ち尽くす下肢を伝って、熱い恥蜜が滴った。

第15話 赤貝の味わい蛸の味がする

――赤貝は、世に言う女陰。それを味わった男が驚いた。奥が締まり、吸引して放さない。「これは凄い！　まるで蛸…」

縁は巡る――。晏邨が当地に足を踏み入れた時、最初に目にしたのが幻想的な寺院の光景。気運の導きか、晏邨は期せずして寺院と強い絆で繋がった。

父親の熱い念(おも)い「息子を勉学の道へ」の門出である。晏邨の世話を焼く村長が、古くから知遇ある寺院管主の老僧に、この異人父子の内情、仔細を打ち明け、晏邨の指導・教学を懇願。快く聞き容れられて入山が叶った。想像を絶する豪壮な寺院。境内の草花も笑みで迎えた。

倭国から来たという若者に「これは奇縁」と、老僧。倭国に馴染みがあるのか、親身に世話を焼く。初めて触れる教学、武道の世界。晏邨は憑かれたように打ち込む。まるで別人。いきなり指導僧たちを驚かせたのが、初心者とも思えぬ武術の力量。

「いやあ、信じられん…」――拳法修行で見せた驚異の上達ぶり、まったくの新参にして、忽ち古参の修行僧たちを凌ぐ。天与の才もさることながら、その陰に意外な因縁が潜んでいた。

なんと、全く無縁としか思えない阿燕との情交に謎の一因が…。晏邨自身、阿燕主導の「房中術」に熟れる中で、秘法「仙道」の霊力が無意識のうちに、総身に溶け込んでいたようだ。

修行する僧たちが連日修練する拳法は、いわゆる「気の拳法」。瞑想に始まり、呼吸術を通

じて生命の活力である「気」を導引、練り高めるのが根幹の武術。房中術も武道も底流する気脈は一つ。房中術で阿燕を仙道に誘った岳爺自身、それこそ「武術」で驚異的な力を見せつけたことは、数々の〝武闘逸話〟が物語る。

先頃も、武術自慢で暴走した若い僧五、六人が岳爺に一斉に挑んだことがあった。結果は無惨。岳爺の体に触れることさえ果たせず、悉く吹っ飛ばされたという。噂話を聞きつけた晏邨。そんな驚異の武術、畏敬の念から（ぜひ、教えを請いたい…）一心で、岳爺に接触を試みる。孤高の怪人・岳爺。誰も近付けず〝指南の門戸〟は固く閉したまま。だが晏邨への対応は違った。鋭い眼でじろり。モノは言わず、アゴで「中へ入れ！」。

岳爺にしてみれば、よく見知った顔。密かに興味を抱いていた若者だ。心の内で（…やって来たか…）。その実、阿燕との房事の仔細を、密かに観察し始めた時から、或る種の縁を嗅ぎ取っていた。

思いもよらず、晏邨はいきなり岳爺の荒ら家に止宿する成り行きに。筵床に横になって、間も無くウトウト…。夢現のうちに阿燕が現れ、上から交わる。ためらい気味に腰を跨ぎ、陽根をそっと手にして下腹に導く。

蠢き絡む肉襞。奥へ引き込み、絞めたり緩めたり。吐精の疼きが湧き立つ最中（あれッ）――。

ふと、阿燕とは異質の感触に気づく。夢から現実へ…。

腹上に視たのは見知らぬ娘。たわわな乳房が、腰の動きに揺れていた。

第16話 女のよれる黒髪は味が妙

——女性の陰戸の味は、縮れ髪の女こそ「絶品」だとか。そういえば、あの女がそうだった…

「気」の霊力が「気」を呼ぶのか。運命の巡り合わせなのか。晏郁は阿燕によって「気」の世界に誘われて以来、思いも寄らず〝気の絆〟が拡がりを見せて行く。寺院で「気の拳法」に魅せられたのも自然な流れだったのか。

因果は巡って、拳法が晏郁を岳爺へと繋ぐ。岳爺は阿燕を「房中術」に目覚めさせた師であり、奇しくも因縁の絆は循環していた。

晏郁が初めて訪ねた岳爺の山家で、夢現(ゆめうつつ)で交わった若い娘は「知らぬ女」。だが、阿燕ならば、あっと驚く「忘れようのない顔」。なんと、老師との痴態を見せ、喘いでいたあの娘。やはり岳爺と強い絆で繋がる一人。もとより、ただの端女(はしため)ではない。阿燕同様、旧家の血筋。

ただ、何故か晏郁は己と同類の臭いを嗅いだ。疎まれた誕生、混血、孤独だった幼少時の育った環境を重ねていたようだ。だが意外や意外。この娘、この若さにして仙道を極め、武術に長じた岳爺唯一の知られざる内弟子だった。

髪は、稀に見る漆黒の縮れ髪。それを俗諺(ぞくげん)になぞらえ「あそこも、きっと縮れ毛。名器に違いない」と噂する村の男衆。「折りあらば…」と、劣情を滾らせていた名花である。

名は「青槿」。〝秘すれば花〟の風情だが、さすが眼差しは精悍。引き締まった肢躰。日焼けした面とは違い、躰は意外や雪肌。恥毛は噂に違わず縮れ毛、密で毛足が短い。阿燕とはまた違った妖しい魅力を備えていた。

晏邨を驚かせたのは秘貝の神秘だ。「撚れる黒髪は味が妙」の俗諺、また宜なる哉。阿燕に劣らず、内襞がまるで手指のように怒張を掴んで、じわりじわりと蠕動。その動きがことのほか絶妙で力強い。（これはなんとも玄妙な…）――。

まるで別の生き物、蠕動の力加減が聊か阿燕とは異なった。持って生まれたものなのか。いや（やはり仙道の為せる業…）に違いない。感極まる時、熱い愛液が溢れ出て〃怒張〃を包む。肉襞の蠢きは、なお止まらず。勢い二度、三度…。

脈打つ陽根。ふと気づく。浴びた愛液とは別の熱い〃何か〃が…。（んッ…、躰の芯にまで流れ込んで来る）――直感したのは「気」の流れ。阿燕との交わりで、おぼろげながら意識していた感触が、今はっきり。青槿の秘法の凄さには違いないが、晏邨自身の「気」が練られつつある証でもある。

青槿が初めて、晏邨の寝込みに挑んだ不敵な淫行は、岳爺の意を受けた行動。以来、晏邨は房中術の深淵を覗き、急速に「気」の通力を高めていく。

いつもの刻。訪ねた岳爺は不在。待っていたのは留守居の青槿。浮かべた笑みが悪戯っぽい。戯れて身構え、スルリと着衣を脱ぎ捨てて、又も上から交わる。

この時。晏邨は、いつもに増して「岳爺の影」を敏く嗅ぎ捉っていた。

第17話 紅葉をするとへのこはひだるがり

——若い頃は精力旺盛だった。とりわけ、紅葉の季節といえば「性欲の秋」。へのこ（陽根）は、食らえど食らえどまだ欲しい。いやはや…

晏郝と玉羽が山野で燃えた秋の夜更け。深い陶酔の最中、阿燕が「見られている」と怖気（おじけ）と羞恥に身を縮ませたことが幾度か…。その時、ただ訝り（いぶか）、戸惑うだけの晏郝だったが、いまは違う。姿の見えない岳爺をはっきり感じ取る。日を追って「気」の格、通力が着実に高まっていたことは確か。

岳爺の門を叩き切願した直の「武術指南」は、叶わぬまま。これまで受けた教示らしきものといえば、ただ「気を練り、高めよ」の繰り返し。これが岳爺流儀ということか。時に「五感を研け」「洗心、喫粥了（きっしゅくりょう）を心掛けよ」など、解せない言葉も。

「気」が紡いだ阿燕と青槿との奇縁。情交は常に濃く深い。房中術に熟れるうち、紛れもなく「気を練り、気を高める」仙道の石段を一歩、一歩、踏み登（あ）がっていた。

岳爺は痩躯で小柄。一見、いかにも虚弱な老人。だが、拳法で思い上がった寺の若い僧たちが挑んで、まるで歯が立たなかったように、武術の凄さも噂通り桁外れ。その名だけで世間に畏れられた所以である。

真に優れた武術者は、武人の力を見抜く目も鋭い。かつて、拳法を師範する高僧でさえ、岳爺を「只者ではない」と、思い知らされた椿事があった。

奥深い山中。背丈ほど生い茂った草藪で、高僧が薬草を採取していた時のこと。背後に怪しげな気配を感知（すわッ、野獣か…）。咄嗟に身を翻して構えた。

茂みの向こう、動ぜずに素っ立っていたのは襤褸をまとった小柄な白髪の老人。だが、無言の内に全身から発する熱風のような凄まじい「気」。一瞬、たじろぐ高僧。だが、すぐに察知。
（この老人こそ、噂に聞いていたあの岳爺…）と。咄嗟に取った行動を恥じ「ご無礼を…」――目礼して去る。

風聞は広がり、寺院の僧たちの間では、岳爺の顔は知らずとも、その名だけは、知らぬ者がいなくなった。血気にはやる若い僧たちの暴走も、噂を聞いての無謀な挑戦だった。以来、畏敬される存在に。

阿燕と青槿と晏郗。そして超人岳爺との奇妙にして濃密な縁。これぞ「気」が紡いだ強固な絆の環。そこに背徳の理は無い。

季節が巡り、山の緑が色づき始めた頃。昼下がり。武闘の鍛錬に汗を流した晏郗と青槿。再び山間の岩場で、濡れた肌のまま絡む。夜半には、離れた荒野に駆けつけて、阿燕と熱く烈しく燃えた。幾たび昇り詰めたことやら…。

疲れ知らずは、若さと〝欲望の季節〟到来の所為か。それは扨措き、晏郗の底知れない精力の謎は、房中術に隠されていることは疑いない。

第 17 話

第18話

泣けばこそ別れを惜しめ女悦丸

——媚薬は古からの人類の知恵？ 用いれば、女は絶頂に達し喜悦に咽ぶ。まだまだ別れが惜しい

超人的な秘法・仙道。岳爺に見るまでも無く、究めた人物は伝説的。とてつもなく長い難行苦行の道を越えて来たに違いない。象徴的な故事「面壁九年」が物語る。

それにしては、阿燕にしても晏郁にせよ、それなりの秘法を身に付けるまで、何故か余り時間を要していない。謎は岳爺の存在そのものにあった。

齢数百歳とも噂されたこの超人。仙道に特異の境地を切り拓いた世に知られざる「隠れた始祖」だったのか。凄いところは、既存の流派を超えて独自、異色の秘法を生み出していたこと。「気を練る」呼吸法からして想像を絶していた。併せ、天地自然に産する数々の生薬の「精を練る」秘法も並はずれ。創り出された秘薬の一つが、仙道修行の長い道程を一気に短縮させる魔力を秘めていた。

人里離れた山奥の集落に過ぎない当地が、古くから人知れず繁栄を続けてき訳は、この地にしか自生しない特種で貴重な薬草にあった。薬草のすべてを知り尽くしていた岳爺。その特性を無限に活かす秘能もまた超人的。

薬草に限らず、動物や鉱物素材も混じえ「配合の妙」で薬効を飛躍的に増幅、昇華させた独

得の秘薬の数々。喫(の)むなり、局所への湿布なり…と、用法も効用も様々。精の増強に、医療に、ひいては不老長寿へと結ぶ。

阿燕が、そして晏邨が短期に仙道に目覚め、重ねた熱い交合にもまるで疲れを知らぬ謎にも繫がる。房中術に潜む「気」と「秘薬」の相乗…。

いつも岳爺が嗜(たしな)んでいる酒や茶、食する動植物の類(たぐい)からして珍奇。土地の住民にさえ馴染みの無い食材の数々。青槿、阿燕もそうだが、いつしか晏邨もこの風変りな飲食に馴染んでいく。時に、眼光鋭く。世間を、人を…じっと観察しているかのような風貌、寡黙な岳爺。師事して此の方、晏邨が直に受けた仙道の指南は、なお有るか無しか。

（…「気を練る」呼吸法と「秘薬」の用と「房中術」を併せ究めよ――）

これが、岳爺の暗黙の示唆のよう。己なりにそう解した。身を以って体得していたのは、岳爺に深く密に接してきた青槿だけに違いない。

あの若さにして、房中術で阿燕を凌(しの)いでいたのも頷ける。晏邨にとっては、仙道の師範代。猛々しい武術をも垂範した。

薄暮の山中で。武術修練に汗を滴らせる二人。いつものこと、その疲れも知らずそのまま情交に雪崩れ込むことは屢々(しばしば)。

この日は、媚薬を秘所にでも用したのか、青槿の口から洩れる狂悦の咆哮は、ことのほか高く、情欲爆発…。媾合(こうごう)に終わりは訪れそうにも無い。

第19話 顔が火で娘とばした事が知れ

――あれ！ この娘、顔を赤くして…。そうか、初交を体験したのか。隠したって顔は正直だ

木枯らしが、荒野の樹々を揺すって吹き抜けて行く。表向き、雨露を凌ぐだけの造作に見える岳爺の棲家。枯れ葉がのべつなく忍び込む。

いつもの刻。まだ顔を見せない青槿を待つ晏郁。小走りに現れたのは、まだ幼さを残す見知らぬ娘。晏郁は「ン…」。初対面だが、なんとなく親しみを覚えた。

恥じらい気味、上目遣いに晏郁を見て「ごめんなさい。姉が来られなくなって…」と頬を染める。（そうか、妹か…）。なるほど目元、口元がよく似ている。

勝手を知った我が家のように、そそくさと奥へ。炉端の火を起こし、湯を沸かす。後ろ姿まで、いつもの青槿と見紛えかねないほど。齢の頃は十五、六か。

突然の可憐な娘の登場に、晏郁の心は複雑微妙に揺れる。よく似ているとはいえ（青槿ならぬ妹と二人きりとは…）。思いも寄らない己の動揺を内々に「ちょいと用を…」と外へ。

向かったのは日頃の修練の場。切り立った岩場へ駆け上がり、青槿との対峙を仮想して、跳び、突き、蹴り…と一刻ほど激しく動く。

汗にまみれて戻って来ると、娘はすべてを心得たように、無言のまま湯を満たした桶と畳ん

だ手拭きを差し出す。面映ゆげに躰を拭い終えた晏邨。と、すぐに「どうぞ…」――熱い薬茶が前に。一から十まで青槿の仕草そのまま。茶の煎じ具合、熱さ加減まで晏邨の好みを熟知していた。多分、仲の良い姉妹。姉が妹に、晏邨との仲を隠さず事細かく話し聞かせていたに違いない。

この娘、名を白蓉と。黒目がちの大きな瞳。（こんなに賢そうで可愛いかったのだ…）と、青槿の少女時代を想起。まじまじと見詰めてしまう晏邨。白蓉は目を伏せ、嬉し恥ずかしの体。なにせ、膝も触れなん眼前に、姉が惚れ込んだその男が。聞きしに勝る美貌…。先程までの沈着さが覚束ない。

土地の娘たちも寄れば、きまって話題に。「私、一度出会ったことがあるの」「私も。素敵な瞳に痺れちゃった」「羨ましいッ、会ってみた～い」――。

白蓉白身、想い焦がれたその人と（いま、二人っきり…）。深まった暮色も誘惑…。姉と晏邨の艶事が、ちらり脳裏に。姉を自分に重ね、淫らな妄想に独り昂ぶる。

（いけないッ）と妄想を振り払い、動揺を悟られまいと座を立つ。手燭を手繰り、明かりを灯そうと…。その時「私がやろう」と、同時に立ち上がった晏邨。

差し伸べた手が白蓉の手に重なる。瞬間、白蓉の意識は時空を超えた。眩く迫った晏邨の瞳、魅惑の光…。腰が抜けたか、倒れ込むように男の胸へ。あとは自然の赴くまま。男の優しく巧みな愛撫に騰まり、妖しく噴き出す淫情。「フッ、フッン、こわ～い、おちる…ッ」何やらワケの解らぬ呟きを残して、可憐な花を散らした。

青槿は妹を晏邨の元へ遣った時から、二人が辿る顛末を見越していた。帰ってきた白蓉の顔を見るなり、笑みを浮かべて「…いい事、あったようね」――。

第20話 目を吹いてもらうた礼に口を吸ふ

——目に埃が…。女が膝枕させて、フッと埃を吹き払おうと…。近づけた唇に、好機とばかりチュッ。お礼を口実に…

よそ目には、気楽な徒食の徒の晏郁。だが、見るも聴くも日々新鮮、真に充実していた。周りの善意にも扶けられ、心身とも男として、人間として一回りも、二回りも逞しく成長…。本来なら、晏郁は「よそ者」。疎まれておかしくないところだが、接した誰からも好感を持たれた。純な性情は生来のもの。幼少時、母御が心した徳育も芽吹いていたのか。歩んだ逆境の道にも迷わず、この好青年ぶり。世話を託された旧家の家族も、迷惑なはずの長逗留を逆に挙げて歓迎、歓待。

今は働かずとも恵まれた境遇。父親が強力な後ろ盾だったことは言うまでもない。改めて身に沁みる「父の恩は山より高し…」。父親の持てる〝強大な力〟らしきものは子供の頃から感じ取ってはいた。が、実の父子らしい触れ合いを知らず「縁薄い父」の想いばかりを引き摺ってきた晏郁。それも、もうすっかり霧散。陰に陽に息子に注いできた父親の愛情が確り実を結んでいた。

振り返れば「負」に塗れた出生ではあった。疎まれた私生児、混血。だが、父の血を継いだ因果は悉く「正」に巡り始める。奇異な容貌・瞳にしても、今や女人を惹きつける稀有な美貌に…。

何にも増して気運を一変させたのは宿命的な仙道との縁。図らずも、晏邨を異世界に羽搏かせた。阿燕、青槿と相次ぐ愛縁。玄妙な房中術を介して、仙道の道へ。女主導で馴染んだ房中術だが、白蓉との房事は晏邨主導。かつて冒険心で試みた夜這いとは、また違った〝男の悦び〟に醒める。

（もう一度会えないかなァ…）――白蓉の貌を、ふと思い浮かべたその時。気が通じたか、「また、姉が来られなくて…」と、白蓉がひょっこり。目が悪戯っぽく笑っている。晏邨を慕う妹の想いに負けて青槿が気を遣ったようだ。

燥いでいたのは束の間。すぐに目を伏せ、身を竦めてモジモジ。我を忘れたあの初交、あの狂態ぶりが蘇ったのか…。背後から近づき、そっと肩に手を触れる晏邨。ビクッと震えた科がまた幼気ない。

向きを返して引き寄せる。乳飲み子よろしく縋り付く白蓉。はや熱く拗る柔らかな肢躰。温かさを懐に、背から床へ崩れる晏邨。腹上に覆い被さる白蓉。知らず茶臼の相に…。ただただ息を乱して惑う間も無く、下からの巧みな引導で仄々昇天…。

余韻に浸り和む最中。まるで無粋な木枯らしが一頻り吹き込んで来て水を差す。黄塵が舞い、目を擦る晏邨。気付いた白蓉、その手をそっと制して、入った目の埃を吹き払おうと…。可愛い唇を尖らせ「フッ、フーッ…」。

儘ならず（舌先で…）と寄せた唇に、晏邨がチュッ…。思いもかけない口吸いの洗礼。再び静かに目を閉じる白蓉だった。

第21話

姉さあの男臭いは誰が臭い

——嬉し恥ずかし、逢瀬の名残りか。結ばれた男の移り香を、妹は敏感に嗅ぎ取った。どぎまぎする姉…

晏郁との交わりで、可憐な少女から華ある蝶に羽化した白蓉。以来、ほんのり色香を漂わせ始める。姉とは別に、もう一人。白蓉に〝男の臭い〟を敏感に嗅ぎ取った女が居た。幼な友であり、いつも一緒に行動してきた妹分、心友の萌妃だ。

類は友を呼ぶ。萌妃もまた育ちも、気立ても良い娘。愛らしさも負けず劣らず。心友〝姉貴〟の色香を（きっと、破瓜（はか）体験のせい…）と、怪しんで囃し立てる。

「ねえねえ、男の人と何かあったでしょう。正直に話して…」

目を輝かせて執拗に…。あたかも白蓉が姉の青槿から晏郁との仲を根掘り葉掘り聞き出した時のよう。

ついつい白蓉が口を滑らす。些か気恥ずかし気ながらも、日ごろの姉貴気取りで、少し誇らしげに…。漏らした男の名は「晏郁」。

「エッ！　まさか…」。萌妃の顔が輝いた。あの噂の若者だ。萌妃自身もまた、人知れず焦がれ（結ばれるなら、あの人と…）と密かに夢想していた。一度、遠目にちらり横顔を見ただけだったが、印象は強烈。輝くばかりの美貌、漂う異国の情緒、凛々しい野性味…。いまも脳裏に鮮やかだ。

萌妃の矢継ぎ早の問い詰めに、つい白蓉の口も軽くなって、微に入り細に入り…。果ては声を潜めて初体験まで。話は尽きず、時を忘れた。

「ぜひ、私にも会わせてよ」「いいわ、約束する」――そこは〝姉妹〟の仲。陽も落ちて、否応なく暇（いとま）の時刻に。萌妃は帰りに、振り返ざま「約束よッ」。念を押すようにして去って行く。後姿がはしゃいでいた。

早速、次の日。白蓉は、まずは姉の青槿に持ち掛ける。「お願いがあるの」。茶目っ気を交えて、幼な友との約束事を打ち明ける。最初から姉に内緒で晏郁と勝手に逢う心算は毛頭ない。

「一度、萌妃も一緒に晏郁さんのところへ連れてって」――。

出会いから、晏郁との〝愛別離苦〟は運命（さだめ）と悟っていた青槿。妹たちの希い、乙女心に（これも、きっと宿縁…）。そう、晏郁と「気」で繋がる〝太い絆〟の一環（いっかん）と解釈、快く応えることに――。

女三人。想いを寄せる男は一人。それが晏郁となると、「恋敵」の意識は全く湧かず。女同士の諍い、嫉妬といった世人の感情とはまるで無縁…。

いつもの荒ら家で青槿を待つ留守居の晏郁。気がせくのか一歩先を歩く萌妃。待つ晏郁の許に近づくや咄嗟に姉妹の背に身を隠す。あの無邪気さはどこへやら。晏郁はまた、思わぬ珍客、初対面の美少女にドギマギ。二人のぎこちない対面ぶりに、青槿と白蓉は思わず苦笑、目で頷き合う。

萌妃の「秘かな夢」が、現に実る時機が待っていた。

第22話　生娘はぜひなく肩へ食らい付き

――生娘の初体験。どうしてよいのやら解らない。男のなすがまま、その肩にただただ獅噛み付くだけ

岳爺の許で、仙道修行に明け暮れる晏邨。期せずして「気」の霊力は、練り磨かれる。白蓉、萌妃…次々と惹き寄せ、奇しき男女の縁の環を拡げたのも、その現れ。

荒ら家に合流した晏邨と三人の娘たち。そこは若い者同士、すっかり和み、燥いで時を忘れる。気付けば、はや夕闇が迫っていた。（若い娘たちのことだ、帰りを急がねば…）――晏邨は娘三人に付き添って暗い夜道の坂を下る。闇の向こうに、村里の火影が仄か。程なく別れの岐路にさしかかった。

「この娘、送ってあげてね」――青槿姉妹は、萌妃を晏邨に託して、手を振りながら道を折れて行く。（萌妃の秘かな夢を実らせてあげよう…）。

姉妹の機転で、晏邨と二人っきりになった萌妃。嬉しさと戸惑い、甘美な夢想が入り乱れて胸が甘く軋む。闇道の心細さは渡りに船。晏邨の袖にそっと縋って歩く。里の明かりが二人の影を映し出す辺りまで来た時だ。

折悪しく、騒々しく群れた野郎どもが近づいて来た。酒臭い。そろって悪相。萌妃がいつも避けてきた「与太者連中」だ。嫌な予感に萌妃は「気をつけて……ネ。乱暴な村の嫌われ者な

の」と、晏邨に耳打ち。案の定だ。

「おっ、萌妃じゃねえか。その色男に抱かれたのか」「俺達とも付き合いな…」

二人を取り囲んだ荒くれ者。野卑な薄笑いを浮かべ、口々に悪態をつきながら絡み始めた。

連中にすれば、村一番の評判娘・萌妃は「高嶺の花」。晏邨は「よそ者」、しかも噂に勝る色男。妬みと憎しみの対象でしかない。そんな男に（萌妃を奪われようとは…）——淫らな妄想と憤りが倒錯。群れの心理、酒の勢いも加わった。

粗暴、卑猥さを剥(む)き出しに荒れ狂い始める。いきなり、萌妃の腰に、胸元へ…と、下劣な手、手…が、四方から一斉に。

「やめろ！」——その時、晏邨が動いた。

ほんの瞬時だ。それまで相手にならず物静かだった男が、まるで鬼神。拳が、足が、超速で的確に急所に飛んだ。あっという間に、骸(むくろ)のように転がって動かない男が四、五体。残る輩(やから)は怯んで声さえ失っていた。

禍い転じて何とやら…。晏邨に駆け寄り縋りつく萌妃。乱闘の恐怖と昂奮で震えが止まらない。優しく抱きかかえる晏邨。薄明かりの中、支え合う二つの影が道を逸れて闇へと消えた。

藪蔭で一つになった二つの影…。萌妃は儚(はかな)げに潤む瞳で晏邨を求めた。

が、そこは生娘、やはり成す術を知らず。夢中で晏邨の背にしがみ付くだけ。思い遣りつつ静々と巧みに圧(お)し挿(い)った灼熱に、新鉢はしどけなく蕩(とろ)けてゆく。

第23話 秋渇き先ず七夕に渇き初め

――天界の牽牛と織女ならず。人間界の男も七夕の頃ともなれば、情欲は昂進。性の妄想が膨らんで…

年は移り、季節は巡った。晏郁がこの村里に滞在して、はや三年目。益々逞しい若者に長じて、土地の娘たちの評判は高まる一方。

鍛え抜かれた体躯(からだ)、風姿(ふうし)。とりわけ、あの「灰色の瞳」に神秘の輝きが加わり、より凛々しく魅惑的に。もともと切れ長の目に、長くて密な睫毛。女人を惹きつけた「譬えようの無い美しい目」。その上、あの「謎めく瞳」の評判は、噂が噂を呼ぶ趨勢…。更に新たな霊力が芽吹いていた…。拳法に、房中術にと不断の修行を重ねるうちに、秘法・仙道の格がまた一段と高まっていたことの表われなのか…。

岳爺の意を受けて、仙道の要道「武と房中術」を直々に指南する青槿でさえ、その瞳の魅力にはまるで無力。初めは「美しさと曇りのない純な輝き」に魅了され、いまは「深まった神秘で強い蠱惑の輝き」に痺れている。

初秋。里では今年も七夕祭りが始まっていた。娘たちが、月下で五色の糸を針に通して針仕事の上達を祈り、庭々には祭りを祝う瓜が並ぶ。嫁いでいた娘たちも実家に集まり、歌ったり、芝居に興じたり。

興味津々の晏邨。とりわけ長老が聴かせてくれた故事「牽牛と織女、年に一度の逢瀬」物語に大いに感動。若者らしく甘い幻想に浸る。夜は深まり、祭りのざわめきが鎮まった。独り邸に戻り、床にごろり。窓越しの星空を眺め、「牽牛と織女の逢瀬」に夢を馳せる。その時だ、笛の音が遠くから流れて来るのを耳にした。阿燕からの誘いだ。想いは同じなのか、響きが切なく侘しげだ。すかさず、音も立てず、風が通り抜けるように邸を抜け出す晏邨。

星明りの中、いつもの逢瀬の場に佇む〝織女〟を見た。薄い衣装をしなやかにまとった阿燕だ。まさに伝説の幻の織女――。

七夕の浪漫は、甘い情感を昂揚させる。改めて熱く見詰め合う二人。いつにも増して情炎が燃え盛る。阿燕の昂ぶり、所作がいつもとは違う。営み中途に、阿燕は意を決してか、自分から体位を変えた。なんと獣の姿勢に。晒された眩い下身…、なんとも複雑な気分に襲われ、暫し見蕩れる晏邨。

白く輝く見事な造形美。卑猥さを超えて神々しい。（天界の織女も、かくや…）――。阿燕の悩ましげな「早よう…」の訴えに、我に返る。豊かな腰に手をかけ、獣の交わり。夜の静寂(しじま)を裂いて咆哮が高く低く…。

遥か離れた岩場で――。空が白みかけたというのに、晏邨を待つもう一人の〝織女〟青槿。珍しく女らしい装いの艶姿。意馬心猿(いばしんえん)。待ち疲れ、すっかり織女の心境になり切っていたところへ、漸く現れた〝牽牛〟。嬉しさ倍増。終(つい)ぞ折角の装いも台無しに…。

捲れ上がった裾、逞しき猛りの攻勢…。乱れに乱れ、天に舞う。
七夕浪漫に浸った〝秋の渇き〟は尽きそうに無い。潤せど、潤せど…。

第24話 火消壷水を入れたでよって泣き

——熱い女壷。絶頂を迎えて、男は奥深く精を放つ。浴びた女は身をよじって歓喜に咽んだ

いつもの荒ら家。ここは岳爺の住まいとはいいながら、当人の姿は殆ど見かけたことがない。実の棲家も行動も、まるっきり謎。もとより晏邨の知る由も無し。解っていたのはただ一人、青槿だけ。

余計な詮索は好まない晏邨だが、謎の多い老師の行動が気にならなかったわけではない。

（いつもは、何処で、何をしているのだろう）。

この家に通い始めてもう長い。漸く、謎の一つが解けた。表向きしか分からなかった建物の奥に、こんな密事があろうとは…。突き当たりは岩の壁としか見えなかったが、暗がりに隠れたその片隅、狭い抜け道のような隧道が延びていた。

岳爺の信を得たという証なのだろう。青槿が初めて晏邨の手を取って、その秘密の道へ誘う。暗い狭路を抜けると、向うに洞窟が展けていた。

ひんやりした別世界。青槿が指差す。「あそこ、爺がいつも座って、瞑想している処」。奥まった一段と高い一角、そこがいつもの居場所だという。

洞窟は、さらにくねって脇へ折れ、奥へと伸展。「あれは命の水」——岩壁の裂け目から、清水が湧き出て小さな流れをつくっていた。岳爺の不老長寿は、この清水とも無縁ではない。

冷えた暗い洞窟の隅。匂いでそれと解る薬草蓄蔵の場があった。長年、秘薬づくりに取り組んだ研鑽の場であり、作業場でもあるらしい。無数に分けられた薬草、粉末を盛った器類の数々…。薬草の探索、収集もすべて己の手で。

「偶々だけど、暫く爺は遠出なの…」。寛いだ様子の青槿。生薬の知識にも長けていて、盛られた生薬の匂いを確かめながら、器から選んだ粉末を取り出す。半分を晏邨の掌に。残りを自分で呷って見せた。

暫くの時を経て、共に精気は高まり、情欲の炎が勢いづく。聞いていた「強精、催淫、そして避妊の効験も…」という秘薬が、これらしい。

頷き絡む瞳と瞳。ヒタと抱き合う二人。交われば、蜜壺が蕩けるようで熱い。奥を突くほどの猛りを難なく収め、包み込む。周りから絡みつく肉壁。いつにも増して「気」が熱く交錯、共に官能の炎は燃焼、昇華して行く。

青槿の瞼の奥で、火花が弾け散った。放たれた精を鋭敏に感じ取り、蜜壺に震えが走る。必死に圧し殺していた歓泣の嗚咽が一気に…。

「…ン、ン…アッ、もうダメーッ」

充たされて、晏邨は珍しく先に睡魔の底に沈む。ふと目覚めると、愛おしげに笑みかける青槿。そんな笑顔を眺めながら妙に感傷的な気分に襲われる。

仙道修行の道程も師の目に適ったらしき晏邨、巣立ちの時期に。この時、何故か当地との離別が胸の奥に彷彿と…。流石に青槿、晏邨との別れが近い事を敏く感じ取っていた。

第25話 旨いこと床で鳴かせる明烏

――夜明けを告げる明け方の烏ならぬ、女の嬌声。男は満足げに声を聴いたが、それは閨の別れの時…

石の上にも三年――。晏邨が学と武術、秘法・仙道修行、はたまた色恋に、と時を惜しんだ明け暮れ。寺院の老師が言う「人生の四季」を指折れば「青春」季の真っただ中を、全力で駆けて来た。

陰に陽に晏邨の成長ぶりを見つめてきた岳爺。明白に態度には見せないが、腹の中では（愛い奴！　僅かな間に、よう此処まで到達したものだ）。

教示といえば口酸っぱく「気を研け」「意識を無に…」「己を信じよ」の繰り返し。後は殆ど青槿を介して。以心伝心…青槿の言動を「老師の無言の教え」と受け止めた。

晏邨自身、意外なほど身に付いていた仙道の威力に驚く。如実に実感したのは、まず「武術」。あの夜のこと、萌妃を護り、幾人もの無頼の徒を相手に乱闘に及んだ時だ。気づいてみれば、屈強な荒くれ男数人があちこち、地べたに這っていた。

己が繰り出す拳、脚の威力で、大の男が宙に飛んだ。

（…これぞ、気の威力、無の境地…か）。初めての格闘で身を以って教示の深意を識る。我ながら感に堪えない。武術に限れば、いつの間にやら、師の域に一歩近づいていたようだ。

習い性となった真夜中の逢瀬。邸を抜け出た晏郁は、落ち合う岩屋の上に立って誘いの笛を奏く。澄んだ音色が闇空に遠く流れ伝っていく。

眠りの底にあっても、晏郁の笛の音には極度に敏い阿燕。ぱっと目覚め、身繕いもそこそこに駆け出す。度重ねる逢瀬だが、常に新鮮かつ瑞々しい。

愛撫に昂まると、覚えずして躰が拗るのは阿燕の性。背から両手を廻す晏郁、ふくよかな乳房をヤワヤワと。唇を背筋にそっと這わせる。堪らず、背を預け乱れる裸身。背の揺れに擦られ、反り返る怒張。そのまま下から圧し挿る。優しく、やがては大蛇の如く。

「しあわせ…、ソンさんッ」——乱れ波打つ歔欷。ただ、いつに無くその喘ぎには一抹の哀しい響きが滲んでいた。

充たされて愛しさを募らせる晏郁。喘ぎを〝暁鳥の啼き声〟と聞いた。(もう夜明けも近い、閨とはお別れの刻か…)。

すっかり〝晏郁命〟が暮らしの隅々まで沁み込んでいた阿燕。青槿にも増して女の勘は冴え、近づく晏郁との別離の足音に早くから気付いて独り怯えていた。逢瀬がとみに切なく、交わるほどに辛く…。

自分を言いくるめるように、胸の裡で呟く。

(別れが、こんなに切なく耐え難い事だとは…)。(でもこれは定め。結ばれた時から、覚悟はしていた。未練、哀しみは捨て去らなければ…)。

第25話

第26話 甘草と蛸と出会って震動し

——男の名器と女の名器の出会いである。さぞや激しく乱れ狂い、辺りの空気まで揺れ動いたに違いない…

いつしか山々の緑が黄、紅色…を混じえて彩り鮮やかに。晏邨が最も慈しんだ村の光景だが、ふと感傷がよぎる。（…なんだか、これが見納めになりそうだ）。

ちょうど中秋節を迎えた日。首長邸は恒例の祝宴で沸いていた。そこへ晏邨の父親がひょっこりと。偶々だが長旅の帰途、親身に面倒を見てもらっていた晏邨の引き取り、その謝礼に…と。宴席は、異国の旅人を賓客に、夜遅くまで盛り上がった。

深夜近く。漸く終宴、父親は案内され寝所へ。待っていた晏邨。久方ぶり、二人っきりの父子対面。「やあ…アンソニー」。達者だったか」「ああ、はい、まあ…」。ぎこちないやり取りだが「アンソニー」の呼び掛けに、父子の情が滲む。

父は周辺の村々で残る所用を済ませた後、年明け早々には日本に赴くという。しみじみと語りかけた。「お前にも、これがいい機会だ。一緒に帰ってはどうか…」。予め晏邨の日本帰国を頭に、時期を図っていたようだ。

日本の事情にもいやに通じていた。わざわざ探ったのだろうか。母や祖父母、母の嫁ぎ先である最禅寺家の内情まで事細かに…。その上、晏邨の日本での身の立て方までも画していたのには驚く。言葉も無い。

生い立ちからして、触れ合いの乏しい父ではあったが、陰ながらの気遣いには頭が下がる。なにより母の消息が嬉しい。晏郁は、父の勧めに素直に従うことに。

「わかりました、ぜひ一緒に日本へ…」

阿燕が、そして青槿が鋭く感じ取っていた通り。帰国が即、現実に。

草木も寝静まった時刻。晏郁は衾に包りながら、母の面影を辿る。チラッと夢想が阿燕に移った、その時。あたかも念が通じたように、阿燕からの〝誘いの笛〟の音が…。やはり響きが切なく哀しげ。

（どうやら俺の気持ちも、帰国のことも察しているようだ）

逢瀬の場、荒野は冷気に沈んでいた。肩をすぼめて待っていた阿燕。瞳が潤んでいるようだ。

初めて情を交わした（あの時季、あの場、あの感動…）。想いは阿燕も同じなのか。

「お別れなのね、ソンさん…。また会える日が来るのかしら」

「…いつか、きっと…」

言葉は虚しく響く。尽きない憶いが明滅…。勢い、身も心も灼熱の炎と化して〝別れの情交〟に。下世話に言う「甘草」と「蛸」なる類稀な男女名器の〝競演〟だ。

「蛸」はくねくね「甘草」に纏わり、奥深く曳き込む。猛る「甘草」。蛸の吐き出す蜜汁に塗れてひと暴れ。紛れも無く俗識を超えた〝房事炎上〟…。仰け反り燃え尽きる阿燕。だが、胸には〝哀しみ〟だけが燃え残った。

遠く離れた岩屋に居ながら、全てを感知する岳爺。阿燕の宿縁を哀れんだ。

第27話 女一生忘れぬは割られた日

——口には出さねど、処女喪失の甘辛い衝撃、あの時、あの場で、あの男と…女は一生忘れはしない

日本への帰国を目前にした晏邨。決めたことだが、いざとなれば去り難い想いも。なにせ、この地は青春季を羽搏き、言い知れぬ体験、想い出の数々を積み上げた心の故郷だ。だが、ちらり浮かんだ母の面影には勝てなかった。

帰国は、唐突で行き成りの決断だった。（恩師らへの報告を急がねば…）。一番に駆け付けた先は寺院の老僧。惜別の情を滲ませながら、即「帰国したら、この寺を訪ね、この人に会いなさい」と、その場で紹介の手簡を認（したた）めてくれた。

恩師たちの指導よろしきを得て、僧としての教学を修め、信を得ていた晏邨。将来を嘱望されて快く送り出された。山門を下りかけて、ハッと気付く。芝草に混じって福寿草が一輪。（そうだッ、入山時に境内で綻（ほころ）んでた草花だ…）母が愛でたあの花が、奇しき縁を忍ばせていた。

仙道の師・岳爺は、晏邨の来訪を察知していたらしく、いつもは不在の荒ら屋に顔を見せていた。晏邨の別れの挨拶に頷きつつ、珍しく饒舌…。熱っぽく「もう何事も恐れることはない。これからは己れの信じる道を、心のままに進め」。

続けて最後に一言。「今があるのを天に感謝、〝世の為、人の為に〟を忘れずに…」。常々、老僧たちに叩き込まれたこの教えは、異口同音。改めて噛み締める晏郁。（これぞ有り難き〝最高の餞別〟）と、頂戴した。

岳爺は辞する間際、「これを…」と小さな包みを握らせる。用意していた餞別づもりだったようだ。開けてびっくり秘薬中の秘薬「仙丹」だ。なにせ素材の薬草だけでも、自生地は漢土の全域に跨る。人の足で集めるとすれば親子、孫の代までも掛かるはず。途轍もない〝幻の秘薬〟…。

そこは岳爺。仙道の秘術「出神の術」で離脱した分身が、薬草の採取に千里を瞬時に駆けたのか。すべて一人、独自の技法で創出したこの秘薬。効は万能、顕著。晏郁が仙道の酷しい階段を急速に駆け上がっていたのがその証し。

突然の「晏郁帰国」の報に、最も衝撃を受けたのは、うら若き白蓉と萌妃。相次いで奇縁で結ばれ、夢が叶った悦びも束の間。儚くも別れの時が待っていようとは…。

「…どうしよう」「もう逢えなくなるなんて…」

なにもかも包み隠さず曝け出す二人仲。晏郁との契りを喜び合い、別れの深い悲しみ辛さも共有。目眩めく破瓜体験に想いを馳せ、手を取り合って涙する。

「あの夜、あの時の事は絶対に忘れない」「そう、ただ一人、初めての男だもの」——。

空が白みかけた早朝。旅の一群が山道を下って行く。二人が指さす。「あっ、あそこに…」。

晏邨父子の姿が、遠ざかる群れの中に見え隠れ…。
山腹から懸命に袖を振る二つの影。何時までもその場に立ち尽くしていた。

第28話

小唄よりくどきのうまい弟子ばかり

――小唄、三味線…習い事の美人師匠。弟子入りの旦那衆たちは稽古よりも、もっぱらお師匠さんくどきに身が入る

仲春の紀伊国。薄紅色の桃の花が、そこここに彩り添え始めていた。村外れに建つ古刹の境内もちょっぴり華やかさが増す。表には古びてはっきりしない「……寺」の門札が見える。門をくぐって、一人の虚無僧姿が入って行く。

深編笠の天蓋で顔は見えないが、凛とした気品と風格が漂う。漢土から帰国して、まだそれほど時の経っていない、あの晏邨だ。

この寺は、晏邨にとって終生、深い縁の存在に。漢土で、目を掛けてくれた恩師が「この寺を訪ねなさい」と、紹介された先が此処。禅宗の流れを汲む普化宗草創の寺であり、虚無僧という有髪で半僧半俗の異色の僧が誕生した名刹。託された書状は、老法主宛て、晏邨に係わる〝口添え〟だった。

奇異な出自、来歴などまで細かく認(したた)められていたようで、法主自身、若者を一目見るなり(ほう、類稀なる出色の相をしているわい)と感心、興味を持った。以来、何呉となく「晏邨、晏邨…」と世話を焼く。出生の秘密は扨措(さてお)き、高貴な武家の血筋。若さに似ず身に付けていた文武の素養…。晏邨は、虚無僧として過ぎたるほどの資質を持ち併せていた。

それに、虚無僧特有の天蓋、尺八、装束…など、全てが何かと身に適っていた。混血児として生をうけた晏邨、幼少時から好奇の目に晒され、心の傷に。今なお、容貌を封じる方便となる天蓋に、安らぎすら覚える。尺八を自在に熟すに、時間は不要だった。笛の素地は、あの阿燕の手解きで過ぎたる程。虚無僧として流浪の旅暮らしにも、苦は無い。早や、半年余り。

〈疏食を飯ひ水を飲み、肱を曲げて之を枕とす…〉――去来する漢土の寺院で覚えたあの言葉。改めて噛み締める日々が続く。

諸国行脚の途次。その尺八の音色に、心の琴線を奏でられた最初の女人が玉羽だった。（なんと巧みな、美しゅうて雅びなこと…）――触れたことの無い玄妙な音色、魅惑の響きにすっかり心を奪われた。同時に〝運命の縁〟を予感する。

回想する――あれから半月ほど経った夕刻。（あっ、あの尺の音が…）忘れもしない〝魅惑の響き〟が、また近づいて来る。思わず三味を手に「チャン、チャン、チキ、チン……」と合わせた。咄嗟の伴奏ながら心地よく協和。男と女の情を繋いだ。

（あの縁が、こんな無上の幸せを招き寄せてくれるなんて…）

三味や琴に限らず、小唄、長唄などの師匠さんでもあった玉羽。その美貌、色香の評判を耳に、色事目当てにやって来る旦那衆、若衆も少なくなかった。習い事はそこそこに、口説きに精出す輩も数知れず。

だが、いつも柳に風と、受け流す玉羽。けっして男に心を許すことはなかった。それで生まれた風評が「あのお師匠さんは、男嫌いらしい」――。

第29話 恥ずかしさ覚悟の前に割り込まれ

――いよいよ、あの人の躰が股間に割り込んで来る…。覚悟は出来ていたのに、恥ずかしくって…

師走。町にあわただしさが漂い始めていた。なんだか日暮れまでもが忙し気だ。早や冷え冷えしてきた六ツ半近く…。いつもなら、名ばかりの稽古事ながら次々とやって来る旦那衆も顔を見せない。所在無い風情の玉羽…。

早々に戸締りを始めていて、ハッと耳をそばだてた。(あッ、ソンさんの尺の音だ)――あれからもう、十月も経っていた。

一方の晏邨――。尺を奏しつつ回想していたのは玉羽と異体同心、二人の〝因縁の出会い〟だった。あの日、この通りで、やはり尺を流していたとき。突如、美しい三味の音が…。(アッ、これは尺の音に合わせてくれた見事な伴奏…。きっと優しくて粋な人に違いない…)。惹かれるように、聴こえて来た道をたどる。(この辺りか…)と近付いた家の門口に、通りを窺うように佇んでいた女人。初めて見た玉羽の姿だった。

予感した通り楚々とした美しさ。気品、圧し隠された色香、それに愁いを含んだなんとも優しい瞳…。晏邨は、その容姿に母の面影を偲んでいた。(…阿燕と初めて会った時も、そうだった)。

門口で、玉羽が差し出した喜捨（きしゃ）の包みに「これは過分な…」と、慌てて編笠を脱ぎ、臆しつつも深く頭を下げた晏邨。己の面（おも）を咄嗟に晒した行動に戸惑いつつ、静々顔を上げた。途端、目が、正面から見詰める玉羽の目ときつく絡む。

晏邨と玉羽の愛縁が芽生えた瞬間だ。この時、玉羽は「あッ！」と息を呑み（なんと美しい瞳、お貌…）。小娘同然に、頬を染める。「男嫌い」で通っていた玉羽にして、初めて知った激しい胸の煌めき。

恋情も齢も忘れて生きてきて（こんな夢のような出逢いが待っていたなんて…）。女心が炎上。躰が震え熱く痺れる。我に返って、思わず口を突いて出た言葉は「…よ、よろしければどうぞ、お上がりくださいませ…」。

さすがに口調も吃りがち。高鳴る動悸。躊躇いながら、座敷内に招き入れる。

初対面の虚無僧と三味線の師匠。世間体を気遣う一人住まいの女人の邸へ、若い男がこの時刻に。憚られる行動に違いないが、そんな意識は超えていた。

共に直観した「運命の出逢い」。惹かれ合う気持ちは紛れ無き異体同心。が、ぎこちなく向き合う二人。醸し出す空気は、いつしか甘美な官能の世界…。もう言葉は要らない。灯りを落とし、そっと相寄る。自然と縺れ合う成り行きに。

玉羽の着衣の裾を割って、晏邨の足が股間に…。（羞ずかしいッ…）。一瞬、身を硬直せる玉羽だった。

独り立ちした晏邨が生まれ故郷・日本の地に足を踏み入れて、最初にして唯一「気」が綾なした〝運命の絆〟で結ばれた女。永遠の伴侶との馴れ初めだった。

第30話　片顔は見ずに仕舞いし恋初め

――初めての恋。ただ夢中…。舞い上がって、恥ずかしくって…。あの人の顔は、片側しか見ていなかった

流浪の旅、露宿にもすっかり慣れた。変哲のない虚無僧姿の晏邨だが、何故か行き交う女達を振り返らせる。漂わせる雰囲気に摩訶不思議な女の気を惹き付ける光波でも発するのか、隠された天蓋の内がよほど気になる素振り。

武術の心得のある者なら、全く違った反応を見せるはず。全身から放つ気、隙の無い物腰、覆う異様に厳しい陰影…に「只者ではない」――と。

晏邨自身、いつの頃からか、己に備わった「面妖な変化」を自覚していた。気の充実、体力の張り…といったこととはまた別。なんと「眼」に、思いも寄らない「通力」が…。

もともと、どこか魔力を秘めた風貌の若者。とりわけ灰色の瞳、濃くて長く反った睫毛…と、滅多に見ない特異な男の目。その眸の霊妙な力をはっきり自覚したのは、暑い盛りの旅の途次。

と或る国境、峠の山道で――。晏邨は、清水が流れ落ちる小さな滝を見つけて歩み寄る。渇きを癒そうと天蓋を脱ぎ、流れを両手で掬って「ゴク、ゴクッ…」。弾みに清水が飛び散って、顔に、衣に飛沫が掛かる。

第30話

袖で拭おうと…。その時「これを、お使い下さいませ」と、脇から楚々とした娘が、畳んだ手巾を気恥ずかしげに差し出した。振り向いた晏邨。（おッ、綺麗な人だ）。齢の頃は、白蓉と同じくらいか。顔立ちも似ていて、ついつい見蕩れてしまう。同時に、娘は（なんと、美しいお貌、瞳だこと…）。思わず見詰め返した途端（不思議な光…）に射竦められ、躰が硬直。下身が潤んだ。

紛れもなく晏邨の眼に備わっていた霊力の所為。威力が女の潜在意識に作用、意識下にあった情念を顕在化させるようだ。（カラダが変…。どうしよう…）。娘は自身の燃え上がる春情に動揺。混乱したまま、ただ眼で男に縋った。夢想だにしなかった展開に晏邨自身も驚く。期せずして牡雌の本能が縺れ合う。道から外れた木立の岩陰。妖しげに蠢く人影…。やがて、女の喘ぎが、低く細く漏れ聞こえ始めた。

朦朧の夢から覚めた娘。あられもない自身の姿、行動に恥じらいを滲ませ狼狽る。両手で顔を覆い、身を竦めた。つと駆られた強い衝動に思い当たり（きっと、あの方の瞳のせい）。かつて知らない男の魅惑の容姿、香気、瞳の輝きに気が動転したことは確か。気付いてみれば「貌」をはっきり正面から視たのかどうか…。

晏邨自身もまたこの時、突如変異の因に思い至った。（そうだッ、あの仙丹の効験に違いない）――。

第31話 関手形見るうち女棒づくめ

——国境の関所、女の一人旅とあれば、関所手形を見せても、調べはなぜか厳しく〝棒づくめ〟。なんの棒なのやら…

超人・岳爺から贈られた貴重な秘薬「仙丹」は途方も無い威力を秘めていた。晏邨は、秘法仙道の長く酷しい道を短期で駆け上っていたことを自覚しただけには非ず。象徴するのが、知らず備わっていた〝型破りな眼力〟。

修業・托鉢の旅は続く。数々の出会いの中で——。目に纏わり、晏邨自身、驚き戸惑う変事がしばしば起こり始めた。たまたま視線を合わせた女たちの中で、突如、異様な症候を顕せる類例が…。淫情を煽られ、あらぬ情事でも妄想してか、耐え難い風情でその場に屈み込む女さえいた。

晏邨の意識とは無関係に、女の春情が勝手に触発されて、官能を疼かせる模様だ。時には露骨に淫欲をぶつけてくる女も…。そんな折、厄介事を避けたい晏邨は〝逃げるに如かず〟とばかり先を急ぐ。宿場で出会った年増女がその典型。

驕る色香、婀娜っぽさ。気位も高そう。誘いに靡かず、そ知らぬ振りで遣り過したのを逆恨み。腹癒せか「怖ろしや、旅の僧に魔力をかけられ、危うく犯されそうに…」など、空事を吹聴して回る。唖然呆然、身の置き所さえ失った。

以来、晏邨は滅多なことに天蓋を取らないことに。道中、一人旅の訳ありげな娘に出会った折もそう。憩いの茶屋で再度出くわす。清楚な娘。ただ、終始沈んだ表情なのが妙に気になった。が、天蓋の網目越しに姿を追っただけ。

晏邨の修業の旅には、胸に仕舞ってきた別の宿願が…。「母を訪ねる」こと。旅の足が向いているのも、母の暮らす薩摩の方角。記憶に乏しい〝故郷〟だが、母と過ごした日々の想い出だけは、いまも鮮明。その母は「薩摩で達者に暮らしている」と、父から聞かされていた。

昼下がり。旅人姿に混じって街道を下る晏邨。差しかかった関所で、何事か悶着が起こっていた。一人の若い娘を取り囲む小役人たち…。

（あっ、あの娘だ！）――絶えず気になっていた、一人旅のあの娘。（これはきっと縁の巡り合わせ…）茶屋でも見かけ、いままた目の前に。関所手形に難癖をつけられているらしい。巷（ちまた）で耳にした関所に纏（まつ）わるよからぬ噂が蘇る。小役人どもの顔に、いかにも卑猥さが顕わ。娘が恰好の獲物と映ったか、狙いは一つ。調べを口実に（奥へ連れ込んで、淫行に及ぼう…）という魂胆に違いない。

素速く分けて入った晏邨。庇（かば）うように娘を背にし「何か不審なことでもあるのか。この者は、怪しい者ではない。私の身内だッ」と、手形を示す。全身から放つ熱気、威圧感。手形に記された高貴な身分に、役人どもはたじろぐ。

「ご無礼つかまつった…。お通り下されい」

第31話

翌日、華やぐ様子で街道を行く件の娘…。憂いは消えて、色香さえ仄見えた。

第32話　見て来たか下女雪隠で指を入れ

――女は、初めて男女交合の場面を盗み見た。衝撃に頭がカッ…。昂奮覚めやらず、人目に触れない雪隠に潜んで密かに自慰を…

晩春の西国。田畑の広がる村の外れ。山裾で、雑草の上に転がって寛ぐ晏邨。高く生い茂った木々が、陽射しを和らげて心地よい。誰に邪魔されることもない。小鳥の囀りを耳にしながら、ウトウト…と。

急に、下の方から何やらざわめきが聞こえてきた。群衆のようだ。人里離れた辺地で（祭りでもあるまいが…）。興味をそそられ、起ち上がって目を遣る。

やたら華やいで賑々しい。目を凝らせば、老いも若きも、男も女も。とき折り沸き上がる歓声。「うわ～」「お～ッ…」――。

ただ、流れてくる空気が、聊か怪しげで淫靡…。坂を下り、少し近付く。遠目の利く晏邨だ。捉えた光景で、すぐに合点がいった。馬の交尾場面を取り巻く群衆だ。村人には、農事のような年中行事の「種付け」。（なるほど、お祭りには違いない）。

話に聞いてはいたが、目にしたのは初めて。さらに一歩近づく。巨躯相打つ交尾、扇情的な迫力。観衆の興奮が手に取るよう。牡馬にのしかかられ、その瞬間を迎えた牝馬に、ありありと悦び、恍惚の表情が見えた。

第 32 話

「ホ～ッ…」。息を吐く晏郁。堪能の溜息なのか、感嘆か。ほどほどにして腰を上げる。山道を下りかけた時、草藪の陰に蹲って苦しげに身を捩る娘を発見。

「いかが致した。どこぞ痛むのか…」

駆け寄った晏郁に、娘はハッと振り向く。顔は真っ赤。言葉も出ない。なんと、着衣の前は開け、手は股間に。垣間見えた白い内腿、漆黒の若草…。

弾けるような躰、野性味あふれた娘だ。声をかけた晏郁自身、バツの悪さに言葉が見つからない。自慰の真っ最中、昂り詰めていたその時だった。娘は余りの羞恥に気は動転、腰が立たずへたり込んだまま。

というのも、この娘、今し方まで「種付け」見物の輪の中に…。初めて見る牡馬の巨根。あの猛々しい交尾は、若い女の一人身にはいかにも刺激が強烈過ぎた。周りの男や年増女たちの露骨で卑猥な戯言も、妄想を淫らに扇情する。いたたまれず、逃げ出しては来たのだが…。

途中、噴き上げる淫情に呑まれてしまった。事情を察しはすれど、為す術を知らない武骨な男・晏郁。ただ健気に背から支えたまま。預けた格好の肉体は、はち切れるばかり、ずっしりと重い。娘は振り向きざま、ちらり男の貌を見た。瞳が放つ神秘の光を目にした途端、新たな淫欲が熱く滾った。躰が震え、歯がガチガチと。

あとは白昼夢の世界…。牡の前脚が腰に。牝の秘部を圧し開いて、滑り光る逞しき巨根が、背後からズ～ン。堪らず牝は一頻り嘶き、揺れ跳ねた。

第33話 あれさもふ神去りますと社家の妻

――めくるめく絶頂の訪れ…。神官の妻なのか、歓喜の訴えは「死ぬ」ならぬ「神去ります」

梅雨の季節に入った。旅の身とあっては、さすがの晏邨も、長雨には難渋する。なにより、気楽な露宿がままならない。

陽差しが薄れた七ツ時、生憎と雨脚が強まった。枝葉を広げる大樹の陰に急いで、雨を遣り過ごす晏邨。脇に延びる石段の小径を漫然と目で追えば、登り詰めの木立の中に古色の社らしき建物が見えた。

雨宿りには格好の場。石段を飛ぶように駆け上がる。人気は無い。その縁淵を借りて横になり、しばし微睡む。

程なく、人の近付く気配を感じ取る。（誰か来る…）傘を叩く雨音と静々と歩く足音に、なんとなく「淑やかな美女」を夢想する。現れた人は、なんと想いそのまま。楚々とした色白、細面。御新造風の女だった。

質素な装いながら、ほんのり色香が漂う。この社家の夫人なのか。暗がり縁側に居た虚無僧姿に気付いて一瞬驚き、不審げに目を遣る。

「…今しばし、軒をお借りしたい」。深く頭を下げる晏邨。丁重な断りに、女はホッと顔を和ませ「どうぞ、ごゆるりと…」と、目礼して去った。

すっかり夜の帳は下りた。雨脚が衰えない。（此処で夜を明かすほか無さそうだ）――床に、ゴロンと大の字に。聴くとも無しに耳にしていた雨音、混じって先ほどの、あの足音が再び。

現れたのは、やはり先刻の美女。片手に傘を持ちながら、一方の掌に危なっかしく食膳を。膳を両手に持ち直し「有り合わせで、お粗末ではございますが…」と差し出す。匂い立つ艶色。薄化粧したのか先刻より若々しく、仄暗さも手伝って幻想的。つい、見惚れる晏邨。つと我に返って「これは、かたじけない」。

慌てて膳を受け取ろうと起ち上がる。その拍子に、女はよろめき膳を落としかけた。素早く女の躰ごと確と受け止めた晏邨。意外とふくよか。小刻みに震え、息が熱い。

女は倒れ込む瞬間、間直に男の貌を…。瞳に不思議な輝きを視た。消え入る声で「どうか、中へ…」。扉を押し開ける晏邨。抱えたまま堂内へ。中は、外からの灯りも届かず暗闇同然。逞しい腕の中、女は麝香に紛う男の甘い体臭にも酔って官能が痺れ、淑女の慎みは雲散。息が荒れ乱れ、半ば開いた唇が艶っぽく悩ましい。ついつい惹き寄せられて、そっと唇を重ねる晏邨。

「ン…、アッ、アゥ…」――きつく閉じた瞳、海老反る女躰。切羽詰まった〝譫言〟は聴き取れない。

知らず開けた胸元、男の唇が這う。かっかと燃え盛る情火…。玄妙な房中術の〝神風〟が襲う。煽りに煽られ焔と散った。

「…神去りまするー！」

第34話 茶臼とはさてぢうくうな麦畑

——丈の伸びた麦畑。まだ陽は高いというのに、なんと自由奔放な、騎乗位の交合とは…

穏やかな日和が続いていた。ここは、備前の国。天蓋姿の晏邨が姿を見せたのは、まだ白昼の八ツ過ぎ。

何時ものように、人目を避けた休息の場を求めて、熊笹の繁る土手の叢へ。(ここなら、天蓋を脱ぎ去っても気遣うことはあるまい)繁った笹葉を褥に、手足を伸ばした。笹が発する「気」のせいらしく、心身が不思議と安らぐ。

前には麦畑が一面に広がっていた。ついウトウト…。と、間を置かず風も無いのにザワザワと麦の葉音、艶めく喘ぎを耳に、睡魔は一瞬に醒めた。

なんと、あらぬ光景が目の前に。(おッ、これは…)——思わず呻く晏邨。眩いばかりの女の裸身が、揺れながら麦葉を分けて起き上がってきた。下から伸び出た男の掌が、女の乳房をまさぐって蠢く。

白昼の交合——燃え昂まって、ほんのり紅に染まった白い肌。陶酔の表情も顕わに「茶臼の交わり」だ。少年時代、娼婦の手解きで初めて性の世界に導かれた、あの新鮮な体験が蘇る。感触はいまなお鮮やか。

それに青樺との初の出逢い、夢現(ゆめうつつ)での交わりも忘れ難い。騎乗位の展開が床しく映る。ついつい見蕩れてしまった。

女は顎を大きく反らして喘ぎ、くねる裸身が一頻り激しく…。一瞬、硬直した後、ゆっくり前に倒れ、葉蔭に沈んだ。

（いやはや、なんと…）。田園風景の自然、陽光に融け込んだ交合の絵図。淫らさを超え、むしろ感動的。なぜか独り嬉しくなった。

辺りに閑けさが戻る。腕を枕に再び微睡んで半刻ほど、目覚めは爽やか。気分よく尺八を奏しながら、畑の畔道を辿る。麦葉のざわめきが、またも其処、此処で。穏やかな気候風土の地。人々の気質、性の世界にも大らかさが育つのか。この青天下、秘すべき「情の交歓」が、なんとも奔放に…。

（邪魔者は消えるか…）晏郁は、ただただ苦笑。麦畑を後にした。

旅は人を育てる。晏郁が旅で遭遇した貴重な体験の数々…。日々に逞しく、人生の機微も心得、虚無僧としての風格を深めて行く。

人生の四季は、なお「青春」。混血という心の負い目を曳きずってはいても、男として非の打ち所は無し。もとより恩師の〝薫陶よろしき〟が花開いていたことは確か。「仙道」には一段と磨きが掛っていたことは言うまでもない。

旅の途次、後々も。いわば武術・房中術研鑽の機会が幾度も。無頼の徒を悉く懲らしめ、時には奇しき縁を得た女人を瑞々しい性の世界に導いたり…。いつも頭をよぎる師が口にした言行。〈…仁に志せば悪しきこと無し…〉。

やがては、医療という新たな境域でも仙道の威力を顕わす機会がやって来る。

第35話 かの娘来たで風呂屋は大騒ぎ

——噂のあの娘が銭湯にやって来た。男どもが騒ぎ出す。裸を見たい、近寄りたい…と。なんせ、ここは混浴だ

課された修行の旅の大願は、遂に満願——。旅に秘めた己自身の目的「母に会う」日が愈々目前に…。(何年振りであろうか)——随分と長い歳月には違いないが、気持ちの上では(つい四、五年前…)と思えないでもない。

が、母と最後に別れたのが元服にも達しない子供の頃。異境の地で暮らしていた歳月の方が勝る。独り立ちして、漢土の地に馴染みながらも(いつか日本に帰ろう)という想いには迷いはなかった。(母の暮らす国、紛れなき郷里だから…)。

愛する母をおいて、想い出の少ない地ではある。本来なら薩摩藩家老職という家柄、嫡男という身。しかし、なお(故郷を追われたはぐれ者)の感覚はぬぐい切れない。ところが、いま薩摩の地に足を踏み入れたばかりだというのに、思いがけずも〝故郷の匂い〟が蘇った。

宵の六ツ半。すっかり気持ちにゆとりが生まれていた晏邨。繁華な町中を興味深げに漫歩(そぞろ)き。目に止まったのが、人足が繁く出入りする大造りの建物。

表に「弁天湯」の暖簾が…。町の湯屋なる存在は聞き知ってはいたが、入浴した経験はもとより無い。湯浴(ゆあみ)好きで、いつも身綺麗だった母の面影をちらり。(折角だ。旅の垢を洗い流そ

う…）。成行き任せで暖簾をくぐった。

思いのほか薄暗く広い浴槽。多くの湯客に紛れて、薄暗い奥の片隅に身を沈める。寛ぐ間も無く、辺りが急にざわつき出す。ヒソヒソ声で男衆…。

「来たぞッ、来たぞ…」「おッ、あのサツマコマチだ！」

まるで「掃き溜めに鶴」。場違いな飛びっきりの美女が、小柄で小太りの女と共に浴場へ。全裸同然の湯文字一枚の姿。湯煙りで、より幻想的に。湯浴好みは美女に通底することなのか。男衆の目、目…に少し怯み、少し誇らしげ。

手布で前を隠しながら、女客が群れる浴槽の奥隅へ。人目には仄暗い場だが、夜目の利く晏邨には障りは無い。朧に浮かぶ妖しい裸身、雪肌。（見事なものだ…）——若い女人の生々しい裸身は、いつの世も男の煩悩・欲情を掻き立てる。美女とくれば、尚のこと。〝美女・小町の登場〟で一気に華やぎ、長閑（のどか）で艶めく巷の湯屋…。初めての光景に、晏邨の気持ちも和ごむ。

人目が外（そ）れて、晏邨には幸い。周りを気にすることも無い。俯き加減にしていた顔を上げた。途端、偶々なのか、コマチがこちらを見る。犇（ひし）めく浴客の隙間を縫って、チラリと視線だけが晏邨と繋がった。誰も気づく気配はない。離れてはいたが、目は雄弁だ。男と女の情が絡む。

急にそわつくコマチ。上がり湯もそこそこに、供の女を促して浴場の上り口へ。輝く白磁の後姿が眩い。男たちのざわめきが再び…。去り際、もう一度振り向いて、晏邨に視線を投げた。

第 35 話

第36話 出合茶屋また秋おいでなどと言う
――ここは男と女の密会の宿、出合茶屋。商い上手な女将は〝情欲の秋〟に期待して、帰りの客に「秋にはまたどうぞ」

湯屋で想い掛けない〝吉事〟に遭遇した晏邨。久方振り、心身共さっぱり。気分良く夜の町へ…。小走りに近づいて来る人の気配に振り向き、足を止めた。

「もし…。ちと、お待ち下さいませ」――声を掛けてきたのは、女中風の小柄な娘。「あちらで、お嬢さまが…」と、顔を向けた先に佇む人影が…。

（あッ、あのコマチだ…）。つい先刻、視線を交えたばかり。暗い夜道の気軽さ、顔は晒したままの晏邨。娘は、視線で密かに逢瀬を契った心算だったのか。湯屋が見通せる通りの角で晏邨を待ち、連れに跡を追わせたようだ。

なにせ、信仰篤い良家の娘。偶然の出逢いと思えず（きっと有意な縁あってのこと…）。こんな町湯で遭うはずもない眉目秀麗、気品漂う若者。浴槽の人混みを縫って射竦められたあの瞳の輝き。娘は、その時に襲った躰の熱り・疼き…に〝縁の契り〟を信じていた。

「不躾に、声をお掛けして…、お許しくださいまし」

歩み寄りながら、さすがにカ細い声でおずおずと。だが、辺りの暗がりにも助けられ、臆せずに晏邨の袖にヒシと縋ると、促すように脇道へ…。行き着いた先は出合茶屋。いつか、あの使いの娘は消えていた。

迎え出た宿の女将は、眼が皿に。いかにも興味津々…。長い女将暮らしで、初めてお目に掛かった無類の美男美女の二人連れ。そこは、やはり女将。

（これは…滅多と無い上客！）とみたか。言葉遣いが改まる。

だが、興味が先立つようで、部屋に案内するまで、幾度か振り返る。娘は、木戸をくぐるまでの大胆さが嘘のよう。女将の無遠慮な視線に、明らかに動揺。耳元まで染めて身を竦ませていた。どうやら出合茶屋の知識はあっても、木戸を潜ったのは初めてのよう。もとより晏邨は、この手の宿の存在さえ知らない。が、特異な雰囲気にそれと悟る。

部屋へ籠れば、男と女二人の世界。娘は酒肴の膳には目もくれず、圧し隠した恥じらいを躰ごとぶつけるように、男の胸へ…。

もはや、見栄も外聞もお構いなし。官能に慄く雌に変じた。晏邨にしがみ付いたまま運ばれて、奥部屋へ。並んで枕が二つ。娘の手は晏邨の襟口から離れず、二人は重なり合って敷床に倒れ込む。

着衣は乱れ、割れた裾。覗く白磁の腿肌が生々しい。奥に、濡れそぼる春草が撓垂（しなだ）れる…。匂い立つ谷間に、猛る牡の鎌首が潜り込む。玄妙なる律動、噴き上がる歓喜。上擦る喘ぎ…。

意識が薄れ、どうやら〝極楽往生〟か…そっと掌を合わせる。

（こんな幸せな御縁、きっと観音様のお引き合わせ…）

帰り際。艶消しな宿の女将のご愛想。「秋にはまた、ぜひお出で下さいまし」――。

第37話 隠れんぼうと油断した母

——母親と「隠れんぼう」に興じる坊や。まだまだネンネだと思っていたのに、ちらり母の秘所を覗く…

（今日こそ是非、母上を訪ねよう）——晏郁は躍る気持ちの片隅で、ちらり躊躇いも。（母をかえって困惑させるのでは…）。だが、そんな気迷いも、鮮やかに蘇った母の面影の前に霞んでしまった。

幼い頃の記憶を辿る——殆どを屋敷内でだけで過ごした日々。周りは気難しい顔の大人ばかり。母の外には、誰も構ってくれなかった。母が不在の時には、孤独感に打ち拉がれていた。忙しい合い間を割いて（遊び相手になってくれた、あの母…）。

楽しかった一番の想い出は二人だけでの「隠れん坊」。ただ、その記憶の片隅に、ちょっぴり後ろめたさが残っている。

土蔵に隠れ、はしゃいでいた時。母の着物の裾が乱れ、白い脚が露わに。気づいている風も無い。晏郁は、咄嗟に下から覗いてしまった。

なぜか好奇に駆られてしまった。母は、些か狼狽気味に裾を掻き合わす。晏郁は幼心に（いけないことをしてしまったッ）——と。性の目覚めだったのか。

母を訪ね漸くやって来た夕刻の屋敷町。（この辺りだった気がする）。晏郁の足が止まった。

無案内の地だが、ふと其の場にほんのり嗅ぎ取った〝母の温もり〟。

辺りには磯の香りも仄かに…。（海がこんなに近かったのか…）。松の緑に沿った家並みの一

角、ひと際大きな門構の邸。表札には確かに「最禅寺」とあった。晏郇には実家だが、実感がまるで湧かない。虚無僧姿のまま、静かに尺八を響かせる。

内から扉が開かれた。腰の曲がった初老の中間らしい男が顔を出す。間も無く、向こう正面の戸口から淑やかな女人の姿が…。着物の渋い緑色にふと懐かしさ、母の趣向が記憶に蘇る。

(母上だ!)――何かを感じ取ったのか、戸口から訝しげに表を覗く。片時も忘れる事の無かったあの母が、すぐ目の前に。駆け寄る晏郇。

天蓋を取って、思いっきり「母上ッ」。呆気に取られて立ち竦む母。「…そ、そなたは…」。

忽ち〝驚愕〟は〝驚喜〟に変わった。

見開いた目に、みるみる涙がいっぱい。言葉は続かず、ヒシと我が子の手を取り、握り締めたまま曳き立てるように邸内へ…。

母の面に、いささかのやつれが翳って見えたが、気品と美しさは、少しも変わらない。(やはり母上は、この世で一番美しい)。独り得心する晏郇。

常々(もしや、病いにでも…)。心に巣食っていた虞れも消えて、すっかり安堵。(訪ねてよかった~)――一時の躊躇いは杞憂に…。

何はさておき、端座して義父への挨拶を済ませ、あとは母子で夜を徹して語り明かす。いつしか、母にかつての生気が甦えっていた。

「そなたの達者な顔が見られて、母は何よりのしあわせ…」

第38話

箱入りにすれば内にて虫がつき

――蝶よ花よの箱入り娘。いくら親が虫を寄せ付けまいとしたって、娘はいつしか色香を放って、知らぬ間に虫がつく

長らく夢見た「母との再会」を果たし、万感躍った晏邨。母の暮らしの心労は知る由もないが、達者な姿を目の当たりにできたことが何より。

敷居の高かった我が家。旧家らしく暮らし振りは豊かのよう。母の「美しさ、温かさ」は昔のまま。運命に翻弄(ほんろう)されてきた母子ながら、情愛の絆は限りなく強く密。心身ともこれほど癒されたのは初めて。(冥加の極み)と天に感謝する晏邨…。

離れ難い想いは募る一方。が、時は非情に過ぎて行く。身勝手が許されるはずもない。(これ以上の長逗留は、かえって迷惑に…)。母の事情を気遣い、心ならずも切り出した。

「ぼつぼつ、お暇(いとま)致さねば…」――。案じていた言葉だったらしく、母は怯えたように「せめて、もう一夜だけは…」と必死に押し留める。母の言葉に甘えた晏邨。(いま一夜の幸せ)の床で、己の歩んだ道、重ねてきた歳をいま一度回顧する。(早や、朱夏季入りか…、やっと母との再会を果した。これを機に確(しか)と己れの道を心しなければ…)。

微睡むうちに、別れの朝に。母は「そこまで送らせて…」と連れ発つ。別れの辛さを引きずるように、足を延ばし延ばし町外れまで。

ようやく気持ちに踏ん切りを付けてか、立ち止まり「これを、何かの時に…」と、包みを晏邨の手に。ずっしりと重い。大層な金子のよう。「いや、気遣いは御無用に…」と慌てて固辞。が、母は構わず、我が子の懐に押し込んだ。

感恩を胸に、踵(きびす)を返して帰途の旅へ――。筑前の国に入った。町を巡った後、閑かな場所を求めて鎮守の杜へ。人影は無い。天蓋を取り、暫し寛ぐ。

そこへ、参拝帰りの若い娘と年増の連れが、なぜか回り道をして近づいて行く。想わぬ場所で、ばったり出くわした虚無僧姿。二人は慌て、戸惑いつつ会釈する。

顔を上げた娘。真正面にした晏邨の美貌・魅惑の瞳に惹き寄せられ、思わず凝視。途端、身に異変が…。（あれッ…私、どうなってしまったの…）。かつて覚えた経験の無い情欲が、いきなり噴き上げた。躰は妖しく疼き、狼狽自失…。

（これって、きっと鎮守様の悪戯(いたずら)…）と娘。老舗店の箱入り育ち、幼さが残るお嬢様だが、やはりお年頃。親御は知らずとも、色香が仄かに…。連れは上女中。いつもお嬢に付き添う守(もり)役(やく)だ。

出逢った虚無僧は、守役自身が惚れ惚れするほど（いい男）。お嬢の（徒(ただ)ならぬ様子）が腑に落ちた。（ここはもう、守役の用は無し）とばかり、気を利かせる。

「ひと足お先にご用を済ませて、下の茶屋で待ってます」

お嬢を残して立ち去る。鎮守様の気紛れか、若い二人を煽り、燃え上がらせたようだ。成り行きは〝神のみぞ知る〟。

半刻ほど後。お嬢は何だか頼り無げな足つき、だが嬉々として茶屋に現れた。

第39話 人間のたけり労咳に妙薬

――あの娘、元気がないが労咳（ろうがい）（肺病）か。いやいや、きっと恋の病。漢方薬より猛った陽根の方が妙薬さ

「お蓮の姿が何処にも見えぬが…」「お縞さんをお連れで、鎮守様にお参りに」

客で賑わう小間物屋。娘を捜し訊ねる主人に、若い女中が受け応え。お蓮、お縞とは、鎮守の森で晏郁が出会った、あの二人のことだ。

まもなく十六に手が届く年頃の一人娘、お蓮。まだ笑顔に幼さが抜けない深窓の嬢（いと）はんだ。親は気付かずとも、物腰には女らしさ、色香も芽生えて、その名の如く膨らみかけた睡蓮の花を想わせた。

親御にとっては、大事な大事な箱入り娘。独りで出歩くことは、まずご法度。外出には、何時もお縞が連れ立つのが慣い。

（しっかり者のお縞と一緒ならば、安心）が親の心算。それにしても、ここ暫く、連日のようにお出掛け。用向きは、きまって「鎮守様へお参り」だ。

願掛けは「健やかな躰に…」が表向き。幼い頃から親が構い過ぎたせいか外目にはひ弱。淑やかな物腰も、かえって弱々しい躰付きにみせる。

親は、ひとしお心配性ときている。常々（どこぞ悪いところでも…）と、高価な生薬のあれ

これを無理強いして、お蓮は閉口していた。実のところ、自身は人一倍丈夫なつもり。この「鎮守様参り」を始めたのは、お蓮を気遣うお縞の思い付き。（お嬢も、お年頃。もっと、外の空気に馴染ませて上げなければ…）と。だが、希いは通じたのやら道を逸れたのやら。産土神ならぬ晏邨との契りを結ぶことになろうとは…。

あの日以来、鎮守様詣では格好の口実に。健気に見えるお参り、親はすっかり得心。お蓮とお縞にとっては「二人だけの内緒事」。いつも、お縞は鎮守の森近くまでお蓮を送り、一刻ほど後に茶屋で待ち合わせて一緒に帰って行く。

お蓮にとって、晏邨は初めての殿方。時を惜しんでの逢瀬は、真に目眩めく至福の時。女として目覚め、知った悦び…。生まれ変わった自分に驚く。

晏邨に出会うまで、我が身の秘部・花園を（男の目に曝すなんて…）夢想だにしなかったこと。隠し見た秘画にも、性の興味より怖れが勝っていたというのに。

晏邨に見詰められ、唇をそっと吸われた時は、心頭に閃光が走り、湧き上がる淫情に呆れ慄く。躰は浮遊、羞恥は霧散した。

今日もまた、晏邨の手が優しく胸を這う。下肢が開かれ、潤みを分けて熱い猛りが奥まで。お蓮の脳裏に、浮世絵に見た逞しき〝チンジュ様〟がちらり…。自在に導かれ、意識は天に召されて〝極楽往生〟——。

日を重ねる毎に、お蓮は身心とも健やかに、色艶を増していく。親は素直に喜んだ。

「きっと、鎮守様のご利益だ」――知らぬは親御ばかりなり。

第40話 八朔に彩色でいるはずかしさ

――八朔の祝い日。遊女たちは、こぞって高価な白無垢で着飾った。白無垢の買えない遊女は色物衣装のまま、恥ずかしくて身が細る想い

筑後の街道沿い。夜の帳はすっかり下りたというのに、ざわめき華やぐ一角があった。遊女屋が軒を連ねた色里だ。

好奇に駆られて、足を踏み入れた晏邨。それなりの知識はあったが、初めて見る世界だ。繰り広げられる光景を矯めつ眇めつ、そぞろ歩き。

「寄ってお行きよ。後悔させないからさあ…」「そこの旅の人、今夜は此処にお泊りよ」――格子出窓の張見世から手招き、声をかける遊女たち。

格子越しに遊女と戯れ合う男衆、女の品定めなのか、ただの物見なのか。馴染みの女が居るらしく、いそいそと戸口をくぐる商人風の中年客…。

女たちは想いのほか明るい。晏邨は、なんと無くほっとする。通りを過ぎようとして、足を止めた。張見世の奥で、ただ坐して俯く遊女がぽつんと独り。

姿態に纏う侘しげな陰。薄化粧、器量も悪くはないのに客の声は掛からない。ただ黙して、この場の雰囲気に馴染まない。晏邨の「気」が軋む。つい格子口に近づく。虚無僧姿は珍しくもないのか、遣り手婆が馴れ馴れしく駆け寄って「坊さまは運がいい。ウチ一番の女が残っているよ」。

薦(すす)めたのは、あの気になる遊女では無かった。化粧も顔立ちも派手な別の女。晏邨が婆さんの耳元で、ひと言囁く。怪訝な顔をした遣り手婆。奥へ向かって、

「お鈴さん、ご指名だよッ」――お鈴という名らしい。女は俯いたまま、言葉少なに二階へ案内。天蓋を脱いだ晏邨。女は初めて貌を見、息を呑む。一瞬間を置いて真顔に返り、赧い気味に目を伏せた。遊女の仕種では無い。

やつれ顔に隠れて、そこはかとない床ゆかしさも。晏邨は女の背負った悲運を直観、意識から「遊女」が潰えた。

つい口調が改まる。まるで幼馴染の子女相手…。瞳に生気が漲るお鈴。いかにも嬉しげ。遊里に沈んで初めて、まともに女として接してくれた相客。心を開いて、秘めていた身上話まで訥々と…。案の定、生家の不幸に泣いた身だった。

（何か、力になってやりたい）――生来の気優しさが頭を擡げる。それとなく問い重ね、話が弾む。ほだされたように、お鈴が胸の閊えをポロリ。

「八朔がもう直ぐ。でも、今年も白無垢なんて、とてもとても…」

遊里の世界。八朔祝いに白無垢無しでは、遊女は哀れ。湧き上がる晏邨の義気。愛おしさを募らせ、お鈴の頬にそっと唇を寄せる。恰も恋人同士…。

明け方、出立際に「白無垢が買えるとよいのだが…」と、包みをお鈴の手に。想いも寄らぬ多額の金子。「…え、まあッ…」。ただただ絶句するお鈴。感極まって、見開いた目、みるみる溢れた大粒の泪。糸を引いて頬を伝った。

第41話 田舎の出合いしんまくを藁で拭き

――逢瀬は「野良に潜んで…」が、田舎の気儘さ。でも、ことが終わって「あッ、紙が無い」。心配ご無用、ワラがあるさ

庭先や山畑で、柿が色づき始めていた。遠くから笛や太鼓の音が響いて来る。裏街道を行く晏邨。伝って来る音を頼りに集落に近づく。向こうの山裾に展がる棚田。その周辺一帯に散在する家々…。

往き来する人影が、意外と多い。村里の空気が華やいでいた。

（そうか、いま秋の祭りの盛りなのか…）

晏邨の脳裏に漢土の祭り、夜を共に過ごした阿燕、青槿の面影が…。まだ昼下がり。人出を避けて、街道沿いの崖下、草木の深い繁みで横になる。

腕を枕に、微睡むうちに、人の気配で身を起こした。「ン…」。何用なのか、若い娘が急ぎ草を掻き分けて、危なっかしくすぐ上の崖淵まで。

いきなり、裾を捲くって座り込む娘。呆気にとられる暇もなく眼前に、げに生々しき〝観音開き〟。はち切れんばかりのふくよかな眩い下腹、濃い翳り…。

見上げる顔面に向かって突如、小水の迸りが降りかかる。咄嗟に身を反らした晏邨。その動きで、目の前にいる男に初めて気付いた娘…。

「キャーッ！」。目いっぱいに見開き、顔は真っ赤。狼狽てふためき、前を隠して立ち上がろうと…。「アッ！」。蔓草に足を取られ、崖から転落。サッと駆け寄り、がっしり受け止めた晏邨。腕の中、鼻の先で目と目が見合う。

不思議な男の目の輝きに痺れる娘。同時に、はしたない姿態、秘部を曝した羞恥、経験したことの無い極度の動転が一緒になって押し寄せ、頭の中で何かが弾けた。ただ「ハッ…、ハァ…」。吐く息だけが荒く熱い。

意識は混乱したまま。逞しく温かい懐、初めての男の甘い体臭にも刺激され、官能が淫らに疼く。（どうにかして…）とばかりに、濡れた瞳で絡み付く。

晏邨は娘の貌をまともに見た。澄んだ大きな瞳が魅惑的、濃い睫毛、可憐な口許。血色のいいふくよかな面差し。若い肢体は想いの外、ずっしり重い。

そっと繁みに下ろすと、豊かな胸元が揺れ覗く。目を閉じたままの娘。だが、しがみつく腕に力が加わり、大きく開いた胸元、キメ細やかな絹肌。しっとり汗ばみ、火照っていた。

「大層な祭りのようだが、障りは無いのか…」――珍奇な出会いで、言葉もぎこちない。だが、これまた縁。鄙びた村にして、思いの外の名花…。晏邨は房中術に縒りを掛け、快美の世界に誘った。

どれほどの時が過ぎたのか。バツの悪そうに身を起こした娘、はだけた襟元を掻き合わせ、今更のように羞じらいを顕わに。背を向けたまま、傍の枯れ草に手を伸ばし〝性の宴〟の跡をそっと拭う。
彼方で、笛と太鼓の響きが祭りの盛りを告げていた。

第42話 ほんのりと恋の色づく合火燵
――ほのぼのとした恋の芽生えは、炬燵の中で。人に気づかれず、情を結ぶには恰好の設えに違いない

晩秋の大和路。朝方早く、町はずれの閑かな寺院から、女二人連れの姿が…。若い娘と、いたわるようにその手を引く年嵩の女。すれ違った晏邨、ちらり既視感が翳めた。旅の途次、幾度か遭遇した女を襲う暴漢の狼藉…。世に無頼の輩は絶えないものだ。（また、良からぬ事が起きねばよいが…）。

杞憂は現実に…。人気の無いこの通り、この時刻。何の企みか、破落戸共が屯していた。折悪しく、其処へ通りかかった女二人連れ。悪仲間には、お誂え向きの獲物と映ったに違いない。卑猥な笑みを浮かべて目配せ。取り囲んで絡み始める。一人が娘の腰に手を掛けた。「何をなさるッ」――気丈に立ちはだかる連れの女、捨て身で娘を庇う。それを「邪魔だッ！退いておれ」と、突き飛ばし、立ち竦む娘の肩を掴んで「一緒に来な。俺たちが可愛がってやろうじゃないか…」。

一斉に娘を抱え上げ、人目に外れた隠れ根城に運び込もうと…。飛ばされた女は必死に助けを求めた。「誰か～ッ！　お助けを～ッ」――遠くで悲鳴を耳にした晏邨。（アッ、あの二人連れだ）と直観。襲う無法者の群れの姿が脳裏に…。飛ぶように走る。案の定だ、目にしたのは

娘を抱える無頼の輩。

　電光石火！　群れに突入。拳、脚の威力は益々冴えて、瞬時に片が付いた。気付けば、娘は晏邨の腕の中。瞼の内に〝幻〟を見ていた連れは吾に返り、事の顛末を悟った。震える掌を合わせ「お、お助け頂いて…、なんとお礼を…」。

　二人は伯母と姪。娘の名はお玲。漂う気品。だが、瞳は宙に迷っていた。（盲目らしい）晏邨の「気」が騒ぎ出す。見えない瞳を真っ直ぐ晏邨に注ぐお玲…。

　この娘、育ちは世間に知られた油問屋の嬢はん。幼かった頃、深夜。盗賊が押入り、家人皆殺しに。唯一人、親の咄嗟の機転で寸前に物陰に逃れた娘。庇った両親が無惨に刺し殺されるのを目撃。息が詰まり意識を失う。放たれた火、崩れ落ちた家屋。奇跡的に命は助かったものの、極度の衝撃で眼は光を失っていた。

「御恩のお礼にもなりませぬが、ぜひお立ち寄りを…」――伯母は、背から促すお玲の意を酌んで、二人暮らしの自宅へ招く。娘はウキウキ、ソワソワ。（お玲のこんな晴れやかな顔は、何時以来のことやら）。そっと座を外す伯母…。

　炬燵で向き合う若い二人。見えない眼で晏邨を見つめるお玲。心の眼には晏邨の容姿が映っているのか。晏邨はまた（なんとしても、この瞳に光を戻してあげたい）。視線に男の〝念気〟を感じ取ってか、お玲の胸に恋の灯火が…。

　間を置いて、手料理の膳を抱えて顔を出した伯母。夢のような奇縁に（…きっと神様のお引き合わせ。この方なら、お玲の夢を叶えてくれそう）。

「ご迷惑かも知れませんが、ぜひ、いま暫くのご逗留を…」

第43話 白魚の力帆柱引き起こし

――白魚のようなあの娘の白い指。やわやわと陽根を握れば、寝た子は起きて、帆柱よろしく立ち上がる

盲目の美少女、お玲。瞳は光を失っているとは思えず、深く澄んで清楚。が、晏郁の瞳の妖力は無縁のはず。

ところが、不思議。晏郁と炬燵で向き合っていたお玲、その眼が晏郁の瞳の光を捉えたように微妙に反応。やはりお年頃らしく、それなりの情欲に囚われたようだ。晏郁の方も、ただ(愛おしい娘)だったお玲が、蠱惑的な女人に映って見えた。瞳の奥には、謎めく色香も。

(この瞳、必ず治してみせるぞッ…)――。仙道の師、岳爺が阿燕の心身の病を完治させたのは房中術の秘力。師のすべてを踏襲した晏郁、お玲を前にして仙道の心が滾った。師に倣い(これも〝人の為〟の縁)と施術を決意。

「お心遣いに甘えさせて頂こう。今宵ひと夜、ご厄介に…」――伯母は安堵の笑みを浮かべ、お玲は頬を輝かせた。「お聞き入れ下さいまして、嬉しゅう存じます。どうぞ、ご緩りと…」と、伯母は寝所に案内する。その夜――。

一人になった晏郁。(…療治とはいえ、如何に働きかければよいのやら…)。思案に耽っていた、その時。襖がそっと開かれ、お玲が部屋へ。「…もし…」と一言。あとの言葉は続かず、

モジモジとその場にへたり込む。

そこは阿吽の息。起き上がった晏邨、優しくお玲を抱えあげ、床へ運ぶ。お玲は自ら執った無分別に、想いは乱れ、身を縮めたまま…。

労わるように包み込む晏邨。震えて縋るお玲。消え入る声で「…う、うれしゅう…」。晏邨が心に期した熱い念（おもい）は通じていた。帯を解き、身を任せるお玲。目眩めく初体験。蛹（さなぎ）は蝶となって羽搏いた。愛しい男の（全てを心に刻みたい…）と顔から胸、下腹まで、指先で擦っていくお玲。途中、一瞬手が止まった。男の猛りが其処に。だが、無言の行為は続く。形を確かめるように、やわやわと。

勢いを増す肉柱。ここぞと再び「瞳の療治」一心に、房中術に心血を注ぐ晏邨。甘悦が脈打ち、指を噛むお玲。二人は時を忘れた。夜が白みかけた頃、お玲は深い眠りに陥る。

寝顔を愛しみながら（この瞳、これですっかり完治した）と確信。心は残るが、己に課した仙道の使命はここまで。朝餉の仕度を急ぐ伯母に切り出した。「もうお暇（いとま）しなければ…」。全てを察知した伯母。晏邨の心遣いに感謝。陰で掌を合わせる。

（お引き留めは叶わぬお方。不憫だけれど、お玲の為にも詮無（せんな）いこと…）

晏邨が出立した早朝。奇跡は起きた。目を覚ましたお玲が、悲鳴に似た声を上げ、狂喜する。

「見えるッ、目が見えるッ。あのお方は何処ッ…」。

驚きと感動で立ち竦む伯母。晏邨の出立を直観したお玲。寝過ごした不覚を悔やむ。晏邨の面影を刻んだ両手をまじまじと…。鮮やかに蘇った晏邨の容姿。見詰めるうちにみるみる溢れ出た泪。勘は鋭く聡明なお玲。健気(けなげ)に泪を拭い（…忘れませぬ。この上ない幸せでした…）。

第44話　久しぶり堤の切れたみなの川

——待ちに待った久しぶりの逢瀬。二人は、燃えに燃えた。川の堤が切れたように、喜悦の怒涛が押し寄せる

冷え込んだ師走の浪速。黄昏の刻、影を長く引きずった虚無僧が行く。長の旅から戻った晏郁だ。降り始めた粉雪が、家々の火影に映えて舞っていた。

玉羽が暮らす町、晏郁の心の故郷だ。あれから随分と時が経つ。想いを込めて尺八を奏く。清んだ音色が語るが如く、深く静かに流れて行った。

（あッ、あの人…）——遠くの音を、耳聡く聴き分けた玉羽。千秋の想いで待っていたこの日、あの心に沁みる尺の音だ。（ようやく帰ってきてくれた～ッ…）。

取り掛かっていた夕餉の仕度を放り出す。鏡を前にソワソワ。唇に紅を差す仕種も落ち着か無い。身繕いもそこそこに、門口に駆けて待つ。晏郁が姿を見せるまでの合い間さえもどかしげ。独り呟く（長かったあ～、ソンさん…）。

世間には「男嫌い」で通し切った玉羽。あの日、あの時、初めて〝悦び〟に醒めて、もう幾歳月が駆け抜けたことやら。この間、二人っ切りでの〝ユメの一夜〟を過ごしたのは、数えるほど。ひたすら待つ身の暮らしにもすっかり慣れたつもりではいたが…。情感は正直だ。

路角から、影を見せた虚無僧姿…。駆け寄りたい気持ちを抑え、身を隠して待つ玉羽。近づ

く足音。たまらず戯(じゃ)れつくように飛び出して、縺れ合う影二つ。

待ちに待ったこの時。日頃の人知れぬ独り身の苦労の数々、生業の柵(しがらみ)、嫌な想い…全ての憂さは消し飛んだ。

ところがなんと…。新たな〝怖れ〟に憑(と)りつかれた。待つ時はあれ程、遅々として長くかかった時刻の〝鈍足〟が、今は逆に〝速や足〟で駆け始めた。(大切な時間がこんなに早く過ぎて行くなんて…)。

時を惜しむ玉羽。燃えに燃えた。ほんのり紅差した白磁の躰は拗(くね)って淫ら。脱げ落ちた肌襦袢を手繰(たぐ)って口に噛み、抑え切れぬ嬌声を必死に封じる。登り詰めたのは幾度やら。暁を告げる鶏の声えさえ朧(おぼろ)。

〝年々歳々〟――己の人生を振り返る晏邨。早や齢は「白秋」季がすぐそこへ…。人の世の移り変わりの速さ、重ねた齢の真義(しんぎ)をしみじみと。

一方、秘めた誇りは、比類なき異国の地での雲外蒼天(うんがいそうてん)の体験。奇縁で綾なされた数々の出会いと別れ。感恩慕る恩師・高僧。受けた薫陶の数々…。まさしく〝一念万年(いちねんばんねん)〟――深く刻み込んだ信念(おもい)は不変。

事あるごと、常に行動の規範にして来た師の言葉「人のため世のため、己れを捨てて尽くしなさい」――俗世に、乱倫と映りかねない房事にしても、心した由(よ)しは一つ。

(受けた衣鉢(いはつ)を広く伝えていかなければ…)――晏邨は、いま新たに旅立つ道を想い描いていた。

第45話 天井へ行燈の輪ひろがりて

——寝間の床、燃えて交わる二人の息遣いが激しくて…。枕元の行燈の炎も煽られ、明かりの輪が天井にまで広がった

雪の残る紀伊の総本山。老法主の許、新たな末寺設立の話が進んでいた。

法主の信を得て、いまや高弟の一人として周りに認められる存在になっていた晏邨。新たに建立される伊勢の地の末寺に、全てを委ねられて赴くことに…。

（師の信頼に立派に応えなければ…）。決意も新たな晏邨。ただ一つ、心懸かりは益々「疎遠」となってしまいそうな玉羽への慮り（おもんばかり）。窮すれば通ず——想い浮かべたのが、学んだあの教書、あの箴言。

〈…命（めい）を知らざれば、以て君子為ること無し…〉

（そう、玉羽との出会いこそ天命）。身の引き締まる大業を前に、いま為すべきことを確と自覚。足は自然と「運命の人」の許へ。

気付いてみれば、これほど間を置かずに、訪ねることは初めて。いつものように、世間が寝静まった深夜。

やけに冷え冷えした夜更け。何故か眠れず、悶々としていた玉羽。そこへ、コンコンと雨戸を叩く音。（ソンさんだ…）。予感はあった。（何事かソンさんに変事が起きているのでは…）。

顔を見るなり無言のまま、胸に飛び込む玉羽。「温か〜い、ソンさん」――形振り構わず褥に急ぐ。いきなり着衣の襟元、裾まで手荒に開けて求め合う。勢い跳ね飛ぶ上掛け…。枕元で、消えかけ細々と揺らいでいた行燈の炎が煽られて、一瞬煌々と。明りは天井にまで広がった。

陶酔に沈む中、晏郁に漂う〝変事〟を想い起こした玉羽。と、察したように晏郁が先に口を切る。決意した新たな旅立ち、何事があろうと永遠に変わらぬ玉羽との絆…等々、想いを込めて無骨な口調ながら、夜を徹して訥々と…。微睡む間もなく、暁の鐘を聴く。

床を抜け、縁に出て雨戸をそっと開ける玉羽。襦袢を羽織った後ろ姿は艶めくが、晏郁には侘しく儚げに映った。母の面影を重ね見たのか。甚く胸を打たれ、件の箴言が染入った。

歳月人を待たず。薩摩に母を訪ねてからも、早や幾歳か流れていた。異国の〝母〟との別れは、なおの昔。二人からの忘れ難い餞別…（深い情愛、大層な贈物…）の全てを玉羽へと贈り継ぐ。

（何時か気づいて、役立ててくれれば…）。別れ際、手渡された〝二人の母〟からの「重い包み」は、そのまま衣裳箪笥の片隅へ。気づいた玉羽はまた、晏郁の気持ちに掌を合わせながらも（預かり置きますよ…）。そっくり仕舞い込んだまま。

まっこと異体同心――晏郁と玉羽。いまは離れてはいても心は一つ。玉羽の齢も、人知れず「白秋」の域に…。世間の目には「朱夏」に留まったままの若々しさ。しかも不思議、老けを知らぬどころか、肌も容姿も年々、若返ってゆく。

第 45 話

第46話 お気に入るはず上かいの仙女也

──皇帝が寵愛した楊貴妃は、もともと天上界の仙女だったとか。「上界」は「上開（上付き）」。名器の仙人だった？

玉羽がこの町に住んで長い。男衆の茶飲み話に欠かせない噂の「お師匠さん」だ。近隣付き合いをしてきた地元の主婦らが羨まし気に首をかしげる。「どうしてなの～、お師匠さんのあの若さ」「何年たっても昔のまんま…。この町の七不思議だわ」──。

謎の鍵は、晏邨の房中術。練られた〃仙道の気〃に秘密があることは歴然。晏邨と房事を重ねるごとに、玉羽は仙女に近づいていたのかも知れない。

そんな話題のお師匠さんが、秘かに姿を消した。桜が散り初めた時節、晏邨の後を追ったのか。世話になった町年寄にだけ「旅立ちの別れ」を告げ、跡を託して。去る者は日々に疎し──。いつしか玉羽のことは忘れられていく。

すっかり町の住人の口の端にも上らなくなっていた「美人のお師匠さん」。ところが、観音巡礼の旅帰りの住人の間から、新たな噂話が伝ってきた。

「京の町で、お師匠さんらしい人を見かけた」

「幸せそうな御新造さん風だったけど、綺麗な貌は昔のまんま…」

「でもやはり、齢のことを想えば他人の空似だったかも知れないね」──。

第 46 話

往時は、天災や疫病、火災、政争…と、騒然としていた時期もあった京の都だが、いまやすっかり様変わり。平穏そのもの、豊かで華やいだ空気が流れていた。

道沿いに建ち並ぶ町屋、街道には土産物を売る店々、溢れる人波…。寺社巡りの旅人、時折り芸妓の艶姿も。

それに、なにより古都の風物といえば、甍（いらか）を競う古社寺の威容。遠方からの巡礼も多く、連日のように善男善女で賑わっていた。そんな名刹の一つ、広く「虚無僧寺」の通り名で知られていた異色の寺にまつわり、気になる秘話が…。そっくり玉羽の噂と関わりを彷彿させた。

この寺、呼称のとおり虚無僧ゆかりの寺院。坊舎を備え、各地からの学僧が雲集。ひときわ威容、隆盛を誇っていた。広く崇敬を集めていた一人の高僧が「秘話」の主。その名を「玄郝」と。響きが「晏郝」に繋がる。

悲運を背負っての誕生こそ天命だったのか。幼くして南蛮、漢土と渡ったのも天の導き。仙道を修め、波乱万丈の人生を駆け抜けて、才気煥発。いまや功成り名を遂げ、齢は「玄冬」の門をくぐる時季に。名乗る「玄郝」の名に難なく通じる。巷に流れる風評がそれを物語った。

「玄郝和尚は、超能の持ち主だそうな」

「背丈のある灰色の瞳をした和尚さんで、霊力で難病も治すとか」——。

果せるかな〝謎の虚無僧〟と〝美貌のお師匠さん〟の二人、天命に従順（じゅうじゅん）。睦まじい「鴛鴦（えんおう）の契り」に…。共に齢を知らぬ仙人の境域に向かっていた。

第47話 聖僧もヘソ（臍）の上から頭まで

——清く正しい生活を送っている高徳の僧とはいえ、それはヘソから上の話。やはり同じ人間。色事は別なのさ

夢か、現か、幻なのか——夜明け前。未だ明けきらぬ薄墨色の世界…。だが、不思議。そこへ、ぽっかり浮いた光の環。円く囲われた光の内には、樹林と寺院が映え、幻影の如く浮き上がって見えていた。

御代が移り、新たな年が明けたばかりの晩冬。光の環の中に浮いていたのは、早暁の京の都の一隅、伝承の「虚無僧寺」が伽藍の威容を誇っていたあの界隈…。辺りに神秘の気が漂い、まさに幻想の世界。暁の静寂を縫って、なにやら大読経らしき、荘厳な斉唱の響きが漏れてくる。

異例の大法会でも執り行われているのか。謎めく光に包まれた法堂。広い堂内には参集した僧侶、檀徒衆の姿が…。それぞれ整然と座し、経を斉読していた。読経の響きにも、神秘な重々しさが滲んでいた。

その最中、突如、変異が襲う。一瞬、読経の響きが乱れ、堂内の空気が揺れた。と同時に、俄かに法堂に立ち籠めた濃い霞。一面くすんで灰色の舞台に…。「…えッ、な、なんなんッだ！」。ざわめく檀徒衆。読経の響きが霞に変じたのか、読経の験力で霞を引き寄せたのか…。

と、再び、空気が一変。檀徒衆が唖然と目を向ける先、霞の中。宙に浮き上がって来た幻の人影…。男・女尊らしき人、人…の影が、円形を描くようにして佇む。あたかも「曼荼羅（まんだら）」の絵図。いや、世に言う「曼荼羅」とはいささか趣が異なり、聖なる空気とは別に、甘い官能の薫気ほんのり。

人物像の面（おも）に光が…。なんと真ん中は、当寺院の座主として知られた玄都上人、後光がさして菩薩像そのままだ。両脇に寄り添うのは、吉祥天女を想わせる薄い衣を纏う玉羽と阿燕の姿。周りに聖僧らしき面々。一段高い背後には、仙人風貌の岳爺の貌も。

「聖」は「性」に通ず。仙道の房中術で結ばれた男と女。淫欲に溺れた交わりには非ず。身も心も清め崇める、言うなれば「聖なる性の交わり」。寺院の僧たちしかり。交合の〝超歓喜〟の裡に「煩悩を解脱、悟りを開いた」聖僧たちなのだ。漂う官能の謎はこれなのか。

高僧といえど「ヘソから下の色事は同じ人間…」と、俗世で揶揄する咄には、暗に「僧は禁欲が当たり前、淫欲は背徳」なる意を含む。だが、法堂の空気はまるで逆。流れる読経は「煩悩、淫欲も菩提心に清め高める」——俗に言う〝愛の経典〟。斉読の響きに、背徳の翳りは微塵も無い。

荘厳な大読経に送られるように、玄都上人と玉羽と阿燕の影が静かに上昇し始めた。あたかも妻二人との「鴛鴦の契り」。睦まじく身を寄せ合い、一つに融け合う。下から見送る〝仙人岳爺〟の影…。天界への旅立ちか、粛然と幻影のように静々薄れて行った。

—終わり—

あとがき

人生百歳時代。書店には百歳を超えてなお老いを感じさせない多くの著名人の著書が並んでいる昨今。卒寿が足下に迫った老生も大いに意を強くし、今になって「官能時代小説」出版を思い立った。

実はこの小説、かつて夕刊紙に連載したことのある旧拙作。たまたま出会った「逆順入仙」（幸田露伴・努力論）の言葉にも背を押され、憚りながら加齢に「逆順」して、枯れない仙人にあやかりたいと気分一新。旧作に一部筆を加え、手直し。折よく、旧知のイラストレーター・柳たかお氏と意気も合って、希ったり叶ったり。異彩の挿絵で拙作に彩を添えてもらった。

《著者略歴》

長辻　篤郎（ながつじ　あつろう）

1933年生まれ。鹿児島県出身。鹿児島県立甲南高校、西南学院大学卒業。産経新聞社記者、編集委員を経てフリージャーナリスト。旧財団法人都市交通問題調査会（浅沼清太郎理事長・元警察庁長官）発行の都市交通・駐車場問題の専門紙編集長を兼務。「猫公」の筆名で執筆活動も。著書には『入れ歯一心』『父子鷹・入れ歯一心』など。

《柳たかを　略歴》

1949年生まれ。大阪府出身。立命館大学卒。在学中、1年の時、著名漫画家手塚治虫のデビューに深くかかわったマンガ誌（漫画界の重鎮酒井七馬・監修）の編集スタッフに採用され、漫画家の道へ。早々に大阪新聞募集のマンガ投稿で注目される。1983年には「第5回読売国際漫画大賞」のグランプリ受賞。雑誌「上方芸能」に「思い出ほろほろ劇場」を連載。一時期、10年間にわたり宝塚造形芸術大学（現宝塚大学）のマンガコースで教鞭も。

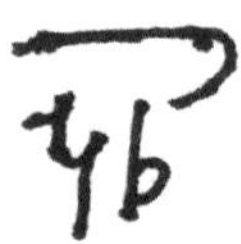

官能時代小説　晏邨（あんそん）と玉羽（たまは）
～謎の虚無僧と「気」が紡いだ艶句の世界～

2023年6月30日　第1刷発行

著　者　長辻篤郎
発行人　大杉　剛
発行所　株式会社 風詠社
〒553-0001　大阪市福島区海老江5-2-2
大拓ビル5-7階
Tel 06（6136）8657　https://fueisha.com/
発売元　株式会社 星雲社
（共同出版社・流通責任出版社）
〒112-0005　東京都文京区水道1-3-30
Tel 03（3868）3275
印刷・製本　シナノ印刷株式会社

ISBN978-4-434-32414-7 C0093